고
발

告發

고발

반디 소설

북녘땅 50년을
말하는 기계로,
멍에 쓴 인간으로 살며

재능이 아니라
의분으로,
잉크에 펜으로가 아니라
피눈물에 뼈로 적은
나의 이 글

사막처럼 메마르고
초원처럼 거칠어도,
병인처럼 초라하고
석기처럼 미숙해도
독자여!
삼가 읽어다오.

– 반디

일러두기

* 독자들에게 낯선 단어와 표현들은 편집자 주를 달았고, 북한식 표기들은 한글맞춤법과
외래어 표기법에 따라 수정했다.
  예) 화술 → 횟술, 날자 → 날짜, 카텐 → 커튼, 요드 → 요오드, 맑스 → 마르크스

차례

탈
북
기

상기!

나네. 일철이야. 일철이가 지금 이 탈출기를 쓰고 있단 말이네. 자네도 최서해의 『탈출기』를 읽었겠지. 그런데 그 1920년대가 아닌 1990년대, 그것도 식민지가 아닌 해방년륜을 50돌기나 감는다는 내 나라 내 땅에서 이런 탈출기를 쓰고 있단 말이네. 참으로 기막힌 일이 아닌가! 나의 탈출 기도를 한마디로 찍어 말한다면 그것은 언제인가 내가 자네에게 주었던 그 하나의 약봉투로부터 시작되었다고 해야 할 것이네.

그 약봉투는 내가 정말 우연히 손에 쥐게 되었던 거네. 자네도 알지만 우리집에는 내 형네 막내인 여덟 살짜리 조카가 노상 와서 살다시피 했네. 물론 내가 결혼하여 따로나기 전까지는 형과 함께 살았고 또 따로났다는 아파트가 형네 집과 가까이에 있었기 때문이었겠지. 하지만 지금 생각해보면 그 원인만이 아니었네. 진짜 원인은 나의 아내가 그 애를 진정 눈물겨운 사랑으로 살뜰히 애무해주었던 거기에 있었던 거네. 천성적으로 그런 눈이긴 했지만 그 애를 바라보는 아내의 눈은 그야말로 언제나 애틋한 정에 젖어 있었고 때로는 제 새끼처럼 품에 끼고 누운 채 아침까지 자버리기가 일쑤였지. 그래서 내가 '여자란 자식을 낳지 못해도 나이가 들면 모성애라는 것을 절로 가지게 되는 모양이구나' 하는 생각까지 가지게 할 정도로 말이네. 아내는 그 애 말이라면 그저 죽는 판이었네. 그만큼 그 애도 아내를 따랐구. 바로 그 약봉투 사건이 있었던 그날에도 그 애가 우리집엘 왔던 거네.

아내는 아래층 우리 부문당비서네 천장지 붙이는 것을 도와주러 간다고 나가고 직장에서 밤일감이 제기되어 나 혼자 있는 집엘 말이네. 그 애는 문을 열자 작은어머니부터 찾더니 그가 없음을 알자 나에게 연을 만들어달라고 조르기 시작했네. 낙엽을 굴리는 마가을* 바람이 바야흐로 아이들의 연날리기를 꼬드기는 계절이었네. 나는 계절 따라 부풀기 마련인 아이들의 그 동심을 흐리게 할 수 없어 연종잇감을 찾기 시작했네. 언젠가 봤던 것 같은 비닐 문풍지를 찾느라 당반**이며 이불장 뒤구

* 늦가을
** 선반

석을 뒤져댔지. 그때 연종이보다 먼저 내 손에 쥐어진 것이 바로 그 약봉투였네. 물론 나도 처음엔 대수롭지 않게 생각했었지. 그러나 그 약봉투가 결혼한 지 근 이 년여가 되어오도록 임신을 하지 못하는 아내와 연결되어지며 점차 생각이 복잡해지기 시작했네. 무슨 약이기에 이처럼 눈에 띄지 않는 구석에 박아두고 먹는 것일까? 무슨 피치 못할 병이라도?··· 아 그래서 오늘까지 임신을 못 하는 것이었구나!

나는 그날 연을 만들며 손을 두 군데나 베여야 했네. 암만 궁리해보아야 직통배기로 물어보아서는 감춰두고 먹는 약의 내막을 아내가 쉽사리 대줄 것 같지 않았네. 그래서 대응책을 세운 것이 그 약봉투를 들고 의사인 자네를 찾아가게 되었던 거네. 근데 하루 지나 자네가 나한테 알려준 그 약에 대한 감정 결과란 어떤 것이었나? 그것은 아내의 불임병을 치료하기 위한 약인 것이 아니라 그 병을 만들기 위한 약이 아니었던가!

"피임약이라니?" 나는 그때 여성들도 포함한 많은 환자들이 대기하고 있는 자네의 치료실이라는 것도 잊고 이렇게 소리쳤네.

"정말인가?"

"아, 아….."

사람들 앞이라 면구스러운 듯 자네가 내 말을 밀막는* 이런 소리를 등 뒤에 들으며 그때 나는 단숨에 집으로 달려왔네. 하나 막상 아내와 마주서자 달려오며 입안에 폭탄처럼 재웠던 말이 꽉 막혀버리고 말았네. 섣불리 꺼낼 말이 아니라는 생각이 불시에 머리를 쳤던 때문이었지. 어찌 안 그랬겠나. 주변 사람이면 누구나 다 알고 있는 바이지만 나와 아내야 애초부터 짝이 기우는 배우자가 아니었던가! 인격이야 어방지방이었겠지만 이 사회에서는 제1의 생명이라고 할 수 있는 그 가정성분이라는 데서 말이네. 그래서 리일철과 남명옥이가 약혼했다는 소문이 퍼지자 입을 쩍 벌린 사람들이 어디 한둘뿐이었던가. '공고한 결합이 될까, 백로가 까마귀와 한 둥지에 든다구 한 쌍이 된대?' 하구들 말이네.

그런데 정말 한 둥지에 들었던 그 백로가 윈장을 보기** 시작했단 말일세. 나는 그때 그렇게밖에는 달리 생각할 수가 없었네. 아직 새각시에 가까운 아내가 애를 낳지 않기 위해 피임약을 먹고 있다는 이유를 내 처지에서 그 외에 어떻게 달리 해석할 수가 있었겠나.

---

* 밀막다. 못 하게 하거나 말리다.
** '윈장'은 '딴 목적을 가지고 남들과 달리 행동하는 것 또는 몰래 따로 벌이는 장'을 뜻하는 말로, '윈장(을) 보다'라는 관용구는 여기서 '여자가 자기 남편이 아닌 다른 남자와 치정관계를 가지다'라는 뜻으로 쓰였다.

"무슨 일이 있었어요?"

급히 들어와 씩씩거리며 마주서는 내 기색을 느낀 아내가 오히려 먼저 입을 열었네. 나는 대답 대신 으스러지게 어금니를 깨물며 두 손가락들을 맞잡아 비틀어 으드득 소리를 냈네. 그러고는 창가 걸상 앞으로 가 꾹 앉아버리고 말았네. 아내가 재티가 날려나오는 듯한 한숨을 조용히 내쉬더니 담배와 성냥갑을 가져다가 창턱 위에 놓아주는 것이었네. 하지만 그런 위로에 사그라질 내 울분이 아니었네. 글쎄 이 리일철이가 오늘의 '상놈' 성분을 타게 된 이유라는 것이 뭐였겠나. 그것은 고작해야 아버지가 한 파장의 랭상모*를 죽여버렸다는 게 전부였다네. 그것도 전쟁이 끝나고 이 땅에 소위 사회주의 협동경리가 갓 뿌리내리기 시작하던 그때에 말이네. 그것이 역사의 한 전환기였을진대 농민들에겐들 생소한 것이 어찌 한둘뿐이었겠나. 랭상모라는 것도 그랬네. 조상대대로 물모밖에 모르던 손으로 랭상모라는 것을 처음 길러보려니 그게 어찌 첫술에 배부르게 되었겠나. 그래서 아버지가 실수를 하게 된 것인데 그 실수가 그만 아버지를 하루아침에 '반당 반혁명 종파분자'로 만들어버리고 말았네. 하기야 아버지가 해방 전에 손발이 닳도록 일한 값으로 땅마지기나 가지고 있었고 협동조합

---

* 냉상모. 냉상 모판에서 기른 모.

조직 때 그 땅을 첫마디에 고분고분 내놓지 못했으니 이복자식이 장독 깬 격이 되고 만 셈이긴 했지만 말이네. 그래서 아버지는 결국 쇠고랑을 차고 주소도 없는 그 어디론가 끌려가게 되고 우리는 감나무 푸르던 고향집에서 쫓겨나 압록강 여울물 소리 소란한 생소한 이곳으로 '이주'까지 당하게 됐던 것이네.

『탈출기』의 '나'가 부모처자를 이끌고 '오랑캐령'을 넘을 때는 그래도 비운 중에도 행여나 하는 일말의 희망이나마 있었네. 그러나 쇠고랑을 차고 간 남편에 뒤이어 치마폭에 감기는 어린 두 아들을 달래며 저 개마령을 넘어와야 했던 어머니에겐 단 한 오리의 희망마저도 없는 막막함뿐이었지. 사람이 죽을 데를 가도 오랑캐령을 넘던 그네들처럼 제 가고 싶어 제 발로 간다면 그것은 행복하다고 할 수 있을 거네. 총칼에 내몰려 고향의 정든 모든 것과 발버둥치며 떨어져 역시 총칼의 감시 속에 산 설고 물 선 이곳으로 '이주'당해 오던 우리 가정의 그 참상에 비하면 말이네. 그 아픔 그 원한을 못 이겨 어머니도 끝내는 이 타향만리에서 너무도 일찍이 숨을 거두고 말았었지. 불우할 자식들의 장래가 북방의 얼음꼬치처럼 염통에 맺혀와 눈도 감지 못한 채 말이네. 그런데 버림받은 세상에 두 어린것을 두고 간 어머니의 그 원혼 앞에서 오늘 또 무슨 새로운 비극이 벌어지고 있단 말인가!

상기!

나는 그날 자네에게서 되돌려받았던 피임약 봉투를 호주머니 속에 그냥 그러쥔 채로 끝내 창가를 뛰쳐나가고야 말았네. 어머님의 분묘로, 개마령 기슭으로, 일 나갈 시간이 다 된 것도 잊고 저녁 늦도록까지 어디로 어떻게 헤매었는지는 나 자신도 지금 다 기억할 수가 없어. 집에 들어오니 아내가 평시나 조금도 다름없이 반기며 밥상에서 덮어놓은 신문장을 벗겨놓던 일이며 뜨적뜨적 내 수저가 가닿는 음식 그릇마다 더 바로 내 앞으로 내놓아주곤 하던 일만이 기억날 뿐이네. 말하자면 나는 그날부터 아내를 뜯어보기 시작했지만 나에 대한 아내의 따뜻한 정은 구태의연하기만 했다 그 말이네. 타고난 인정미가 흐르는 수줍은 듯한 그 눈빛으로부터 항상 부드럽기만 한 몸동작이며 조용한 목소리에 이르기까지 일거수일투족이 다 말이네. 오히려 그 모든 것은 날을 따라 소연해지는 것이 아니라 점점 더 짙어지기만 했네. 그럴수록 나의 번넘은 나날이 더해가기만 했지. 한데 의심이 의심을 낳는다고 한번은 내 귀에 별난 말이 들려오질 않았겠나. 3층 1호집에서는 아침마다 두벌 밥을 짓는지 이른 아침에 한 차례, 늦은 아침에 또 한 차례 꼭꼭 두 번씩 연기가 오른다는 소문 말이네. 아파트 생활에서 근거 없는 말은 조만*에 나지 않는다는 것을 알고 있었지만 나는

---

* 무만. 이름과 늦음을 아울러 이르는 말.

그 말을 그저 스쳐버리고 말았었지. 아낙네들의 쓸데없는 말밥에까지 아내를 껴넣고 보고 싶지 않아서였지. 그런데 그로부터 며칠 후였네.

나는 아침 첫 시간부터 용접작업이 제기되어 온 공장마을이 한눈에 굽어보이는 상하차직장 100톤 기중기 팔 꼭대기에 올라앉게 되었네. 그런데 아니나 다를까 내가 아침식사를 치르고 나온 우리집 굴뚝에서 '두벌 연기'가 솟아오르고 있는 것이 아니었겠나. 이미 입동도 지나 날씨가 찰 때였지만 용접 부위의 안전성을 확인한다는 핑계를 꾸며대며 나는 다음날도, 또 다음날도 기중기 팔에 올라갔네. 그리고 3일째 만에는 기중기 팔에서 내려오자 작업반장에게 적당한 구실을 들이밀고 금방 출근해왔던 집으로 되돌아갔네.

"아이, 어떻게?"

증기가 뽀얗게 서린 부엌에서 무엇인가 일손을 놀리고 있던 아내가 자못 놀라는 소리를 내는 것이었네. 얼굴에다 내 아내답지 않은 헤식은 웃음까지 띠우면서 말이네.

"응. 권척*을 둬두고 갔댔구만."

나는 아내에게 처음으로 낯간지러운 대답을 하게 되었네.

"권척을요? 참, 별게 다 사람을 공걸음시키네."

---

* 卷尺. 줄자.

아내는 공장에서 수고로이 되돌아오게 된 것이 마치 자기이기나 한 것처럼 푸념을 하며 냉큼 권척이 있는 방으로 올라가는 것이었네. 이때라 생각하고 식식 증기를 뿜고 있는 가마 뚜껑을 제격 열었네. 그런데 가마 속에서 끓고 있는 것은 싱겁게도 개머거리였네. 퍼런 시래기 쪼가리들 속에 약간의 강냉이와 쌀알들이 뒤섞여 풀떡거리고 있는 것은 틀림없는 개머거리였단 말일세. 개머거리!

"어마!… 별걸 다."

권척을 들고 나오던 아내가 황급히 솥뚜껑을 닫는 나를 보고 기겁한 소리를 질렀네.

"개죽을 멀 더 이렇게 정성스럽게 끓이우?"

"예? 예, 개, 개죽을 좀……."

"날마다 이렇게 끓이우?"

"네. 저…."

"글쎄 당신 일만 잘해주세요. 집일 걱정은 조금도 말구. 이런 실수가 없이 말이에요." 아내가 내 손에 권척을 꼭 쥐여주며 당부하는 말이었네.

"아래층 당신 부문당비서가 또 왔댔어요, 어제. 당신의 입당 문제에 대해 생각이 많으니 일을 더 잘하도록 당신 뒤를 잘 받들어주라구요. 그런데 내가 받들어드린다는 게 고작…."

아내는 갑자기 아랫입술을 꽉 감쳐무는데 말 못 할 가슴속 아픈 사연이 일시에 눈물로 터져나오기라도 한 듯 두 눈 가득 눈물이 시글거리는 것이었네. 아내는 그런 얼굴을 픽 돌려댔지만 나는 나대로 그 이상 더 낯을 들어 아내를 바라볼 수가 없었네.

그날 한 번도 쓸 일이 없었던 권척은 호주머니가 아니라 온종일 내 명치끝에 괴롭게 매달려 있었네. 그런데 이상한 것은 그날부터 나의 마음이 조금씩 풀리기 시작한 것이었네. 졸렬한 일로 아내의 뒤를 밟았다는 양심의 자책도 자책이었지만 아내가 그 무슨 다른 이유로 해서 피임약을 쓰고 있었을지도 모른다는 타협심이 가슴 한구석에 싹트기 시작한 때문이었네. 만약 아내가 정말 '까마귀'의 피를 받게 될까 두려워 피임약을 쓰고 있었다면 지금까지 그가 나에게 부어온 애정도 모두 가면이었을 것이 아닌가. 아니, 그것은 절대로 그럴 수 없는 일이었네. 나에 대한 그의 애정을 두고 그 무슨 가면을 운운한다면 그것은 정말 천벌을 받을 일이었지. 제발 모든 것이 나의 오해로 끝나게 되었으면!… 그래서 아내가 나의 아내 그대로 남아 있게 되었으면!…

이렇게 모든 일이 좋게 끝나기를 은근히 바라는 속에 그럭저럭 날과 날이 흘렀네. 조카도 자주 놀러 오고 이제는 내 머릿속에 자책과 웃음거리로밖에 남지 않은 굴뚝의 두벌 연기도 여전히 피어오르고, 다만 그간 눈에 띄게 달라졌다고 느껴지는 것은 아내가 조카애를 끼고 자는 횟수가 잦아지고 있다는 것뿐이었지. 이전엔 안 그랬는데 내가 밤일이 제기되어 나갈 때면 조카 없이는 못 잘 줄로 아는 아내가 되어버렸으니 말이네.

내가 이 탈출기를 쓰도록 최종 결심을 가지게 한 바로 한 달전 그날도 나는 밤일을 나가게 되었었네. 아내는 저녁밥을 치르고 나서는 나에게 신신당부했네. 가는 길에 형네 집에 들러 조카애를 꼭 보내달라고. 하지만 나는 그날 아내의 당부를 들어줄 수가 없었네. 형수의 말이 애가 낡은 와이어로프를 주우러 나가는 아버지를 따라 나갔다는 것이었네. 형님은 힘든 광산일을 하면서도 그렇게 짬짬이 국수 조리를 결어* 팔아 모자라는 배급식량을 보탬해나가고 있었네.

그런데 그날따라 나의 밤일이 예상보다 빨리 끝나게 되었네. 내가 일하는 기술혁신 작업반에서는 어쩌다 돌발작업이 제기될 때만 하게 되는 밤일이어서 그렇게 빨리 끝나게 되는 경우도 종종 있었지. 못 들어준 아내의 당부도 있고 해서 나의 발걸음은 점점 빨라졌네. 자정이 금방 지난 아파트 골목은 고요했네. 나는 한 걸음에 두 계단씩 층계를 디디며 올라갔네. 그렇게 우리 부문당비서네가 사는 2층 층계도 지나 3층의 우리집 문손잡이를 쥐었네. 문틈에서 아직 불빛이 새어나오고 있었네.

---

* '국수 조리'는 '면을 삶아 건져내는 도구'를 뜻하고, '결다'는 '대, 갈대, 싸리 따위로 씨와 날이 서로 어긋매끼게 엮어 짜다'라는 뜻이다.

'상기 안 잤댔나? 조카애가 안 와 허전하던 모양이지' 하며 문을 당기려는데 깜빡하고 문틈의 불빛이 죽어버렸네.

'이제 자려는 모양이군, 마침.'

나는 문을 당겼네. 안으로 걸려 있었네. 노크를 했네. 응답이 없었네.

"나야 나" 하며 문을 다시 두드리려는데 반짝하고 문틈의 불빛이 되살아났네. 부엌과 통하는 방문 여는 소리가 피뜩 들린 것 같았네. 그런데도 안에서는 인기척이 없네.

"아, 나라는데 나!"

그제서야 "네-에" 하는 아내의 목소리에 이어 문이 열렸네.

"여태 안 잤댔나?"

"네. 뭘 좀 하느라구요."

상기!

그런데 그때 내가 들어서는 문짝 뒤에 검은 그림자가 붙어서 있으리라고 어찌 상상이나 하였겠나. 아내가 무엇인가 방 안을 수습하는 동안 나는 무심히 작업복을 벗기 시작했네. 이때였네. 밖에서 분명 출입문 여닫는 소리 같은 것이 들려왔네. 나는 본능적으로 와닥닥 뒤쫓아 나갔네. 조심스러우나 익숙하게 계단을 내리뛰는 소리가 들려왔네. 따라 뛰었네. 그러다 문득 서버렸지. 순간 오만 가지 생각이 머릿속을 흘렀다네.

'…그렇다면!… 구태여 따라잡을 필요가 뭐야!' 하며 돌따서*
층계를 오르는 나의 몸뚱이에서는 피가 거꾸로 뛰기 시작했네.
일이 이쯤 되었으면 아내도 사색이 되었으련만 나는 그의 얼굴
을 볼 수가 없었네. 그가 방구석에 얼굴을 틀어박고 쓰러져 흐
득거리고 있었기 때문이었지.

"그쳐!"

나는 방 한가운데에 말뚝처럼 버티고 서서 대번에 소리를
질러댔네.

"민혁 삼촌!"

아내가 무릎꿇이로 일어나 앉으며 눈물주머니가 된 얼굴로
나를 올려다보았네. 지금까지는 아내가 조카 이름을 빌려 나를
민혁 삼촌이라고 부르는 것이 무난히 들려왔지만 그 순간만은
아내가 정말 나를 딴사람으로 치부하며 그렇게 부르는 것만
같았네.

"그래! 이제부터는 네게서 내가 정말 민혁 삼촌이 되고 말게
다. 남편이 아닌!"

"민혁 삼촌! 그런 게 아니야요."

"그만해."

나는 가빠오르는 숨을 식식거리며 책꽂이 뒷구석을 와락 들

---

* 돌따서다. 가던 길을 되돌아서다.

첬네. 지금까지 그곳에 틀어박아두었던 피임약 봉투를 꺼내어 아내의 면전에다가 둘러메쳤네.

이성을 잃을 지경이었지.

"이래도 그런 게 아니야? 왜? 혼혈종을 낳을까봐 두려워서? 어느 놈이야? 누구냔 말야? 못 대겠어?"

나는 와락 아내의 연약한 어깨를 움켜 일으켰네. 그러자 아내는 두 손으로 내 팔을 꽉 부둥켜안으며 오열에 끓는 목소리로 부르짖기 시작했네.

"안 돼요. 안 돼요. 당신이 그 사람 알아선 안 돼요. 안 돼요……."

그 순간 아내가 내 팔을 놓고 그냥 안 돼요 안 돼요 하며 실성한 듯 허둥지둥 옷궤짝 쪽으로 가버리지 않았다면 내 주먹은 분명 벼락을 내리고야 말았을 거네.

"안 돼요. 안 돼요."

아내는 혼이 빠진 사람처럼 같은 말을 중얼거리며 허겁지겁 궤짝 문을 열어젖히는 것이었네. 옷가지들 밑에서 공책 한 권을 꺼내들었네. 그러고는 그것이 마지막 주패장*이니 할 수 없다는 듯이 내게로 돌아섰네.

"뭐야 그건?"

---

* 트럼프를 이루고 있는 낱낱의 카드.

24

나는 낚아채 피끗 열어봤네. 일기장이었네.

"정말 몰랐어요. 내가 변소 출입하는 새에 그 사람이 방에 스며든 줄은… 하지만 깨끗해요. 제 몸은 깨끗해요. 믿어요. 죽어두 난 당신 거란 말이에요."

아내는 그러면서 다시 풀썩 고꾸라지더니 흑득흑득 또 어깨를 떨기 시작했네.

내 눈은 그때에야 알아보았네. 아내의 흩어진 머리칼이며 단추가 떨어져나간 웃옷의 앞자락 등을 말이네. 그것들은 분명 필사의 힘을 다한 항전의 흔적이었네. 거꾸로 뛰던 피가 좀 잦아드는 듯했네. 순간 '안 돼요. 당신이 그 사람 알아선 안 돼요…' 하던 아내의 부르짖음이 되살아오는 것과 함께 무언가 섬광 같은 것이 내 머릿속에서 번쩍했네. 내 눈은 갈피가 열려진 채로 손에 들려 있는 일기장에로 빨려들어갔네.

11월 4일

오늘도 또 그 사람이 왔다 갔다. 남편 걱정을 해주는 건 끝없이 고마우나 너무 잦아지는 방문이 웬일인지 싫어진다. 그것도 꼭꼭 남편이 집을 비울 때만 그러니 더욱 싫다. 아니, 올 때마다 분명 기색이 점점 달라진다. 설마 사십도 넘은 사람이 나에게 그런 마음이야… 그래도 모른다! 어쩌면 좋은가. 이제부터라도 차게 대하자니 남편 일이 걱정이고 그러지

말자니 무섭고…… 참자! 참아야 해. 괴로움이 아니라 죽는
한이 있더라도 남편의 입당을 위해…….

상기!
그날 밤 나는 선 자리에서 일기장을 들추어 첫 장부터 마지
막 장까지 들장을 내고야* 말았네. 날짜는 비록 개구리뜀을 했
지만 아내의 근 이 년간의 생활이 기록된 그 일기장을 말이네.
내가 일기장을 읽은 것이 아니라 일기장이 내 눈을 끌고 다녔
다고 해야 할까, 정신이 칼날 위에 올라서니 훌훌 번져도 내용
이 사진 찍듯 안겨왔네. 그날 내가 본 일기 중에서 몇 토막을
여기에 옮겨놓네.

3월 13일
세대주가 바빠서 못 들어오니 점심을 내다주라는 아래층
부문당비서의 전갈이 왔다. 그래서 오늘은 오래간만에 남편
의 일터이자 나의 옛 일터였던 공장 기술혁신 작업반을 다
녀왔다.
공장 구내 유축진** 곳에 떨어져 있는 작은 건물처럼 성원

---

* 들장(을) 내다. 어떤 일의 끝장을 보다.
** 유축지다. 외따로 구석지다.

도 단출하나 기술혁신 작업반이라는 이름 그대로 공장 기술혁신의 중추를 이루는 나의 옛 일터였다. 집에 와서 놀던 민혁이도 삼촌한테 간다며 따라나섰다. 결혼 후 사직한 지 이제 불과 반년 남짓했지만 눈에 띄는 모든 것이 반갑기만 했다. 겨울에도 따스한 날이면 아지랑이가 가물거리던 빨간 양철 지붕이랑 그 집 한쪽 담벽에 성냥곽처럼 깜찍스레 덧붙어 있는 기술 준비실이랑 모두가 그러했다. 처녀의 마음을 끝없는 몽상에로 불러주며 사시절 수양버들 가지가 흐느적이던 기술 준비실의 파란 페인트칠을 한 꼬마 들창가!—거기엔 면이 경사진 나의 사도탁*이 아직 예전 그대로 놓여 있었다. 마침 주인이 자리를 비운 때여서 그 앞에 한번 앉아보았다. 가슴이 쓰르르해지며 바로 이 자리에서 미래의 남편 될 사람에 대한 첫 희열과 첫 비감을 느끼던 일들이 어제 일인 듯 떠올랐다.

기계전문학교를 졸업하고 그 사도탁 앞에 앉게 되었던 못잊을 첫날! 그날따라 들창 밖 버들가지 사이로 보이는 속보판의 리일철이라는 이름이 왜 그리도 내 눈길을 끌었던지! 그리고 '발명가 리일철 동무! 크랭크 자동대패 제작에 또 성공!'이라는 속보 제목이 '수재와 노력!—리일철 학생의 학습

---

* 제도사나 설계사가 작성한 그림을 그대로 베끼는 일을 직업으로 하는 사람의 책상.

경험'이라는 중학시절의 벽보 제목으로 바로 떠올랐을 때는 또 얼마나 놀라웠고….

참말 감히 오를 수 없는 나무처럼 우러러보던 옛 상급생을 뜻밖에도 여기서 만났다는 환희와 나도 이젠 저런 청년과 어깨 나란히 일하게 되었다는 긍지로 하여 마주앉은 사도탁이 그리도 정답고, 항상 춤추는 듯이만 보이던 창밖의 수양버들이었다. 그런데 그 모든 희열이 그리도 빨리 비감으로 뒤바뀔 줄이야… 어느 날이었던가! 퇴근녘에 당세포비서가 중요한 문제를 토의할 게 있으니 당원들만 남으라고 했던 그날이.

아! 그날 나는 머리를 떨구고 어깻죽지가 축 처져 휴게실에서 나가는 '발명가'의 뒷모습을 얼마나 놀란 눈길로 바라보았던가! 알고 보니 학력은 중학에 그쳤지만 독학으로 대학 이상의 지식과 기능을 소유한 저 청년, 작업반에서 두뇌로 해야 할 일도 육체로 해야 할 일도 용마처럼 쾅 어깨에 떠메고 나가는 저 청년을 내놓고 기술혁신 작업반의 그 무슨 중요한 일을 토의할 수 있겠는가고! 그러나 세포비서의 그런 말은 그 후에도 종종 있었고 그때마다 발명가는 꽁지 빠진 수탉 꼴이 되어 휴게실에서 물러나가야만 하지 않았던가! 그때 발명가가 당하는 그 수모 앞에서 내 가슴은 왜 그리도 저려나기 시작했던 것인지?! 뿐만 아니라 그가 성분 나

28

쁜 탓으로 대학에도 못 갔고 그 결과 중학시절의 벽보도, 오늘의 속보도 그에게서는 한낱 유치원 애들에게 달아주는 종이별과 같은 것이었다는 것을 알게 되었을 때 나는 그 누군가에 대한 막연한 증오까지 느끼게 되었었다. 반면에 비상한 두뇌에 비하면 믿어지지 않으리만큼 겸허하고 근면한 그 눈이 어글어글한 발명가에 대해서는 억제할 수 없는 동정의 불길이 가슴속에 일기 시작했고…….

사람들은 사랑이란 무엇무엇이라고 책도 쓰고 노래도 지어낸다. 하지만 그때의 나에게서는 사랑이란 곧 동정이었다. 한 불우한 운명을 같이 아파해주고 부축해주지 않고서는 못 배길 애끓는 마음, 그 운명을 위해서는 육체까지라도 깡그리 바쳐주고 싶은 못 견딜 충동…….

나의 사랑은 이렇듯 불타는 동정 속에서 봉오리를 맺고 꽃으로 펴났었다! 내가 사도탁 앞에 앉아 깜빡 이런 지난날에 잠겨 있는 동안 민혁이는 기세가 등등해서 제 삼촌이 일하고 있는 작업장이며 휴게실이며를 제 세상인 듯 돌아쳤다. 이 집에서는 삼촌이 제일이고 그래서 자기도 이 집을 들추고 놀 당당한 자격이 있다는 듯 깩깩 노래까지 뽑아대며…….

손꼽히는 옥돌이면서도 막돌 취급을 당하며 살아가는 삼촌의 불행을 알 바 없이 그렇듯 어성語聲이 나돌아치는 민혁이를 보노라니 어째선지 나는 갑자기 눈앞이 콱 흐려왔다. 언제면, 그 언제면 민혁 삼촌도 입당을 하여 자기의 옥돌 가치를 찾게 되는지!

4월 23일

오후에 남편의 작업복을 깁고 있는데 책가방을 진 민혁이가 울면서 들어왔다. 그냥 울면서 왔는지 눈언저리가 땟물 자국이 얼룩져 있었다.

"왜 울어, 응?"

"엉엉…… 흑흑, 오늘부터 날…… 흑흑 학급반장 그만두래, 엉엉……."

"무슨 소리지?"

"선생님이 흑흑 그랬는데 뭐……."

"왜?"

"건…… 몰라……."

나는 이러는 민혁이를 겨우 얼러 울음을 그치게 했으나 바느질손이 다시 잡히질 않았다. 책가방을 진 채인 것으로 보니 저희 집에도 들르지 않고 이리로 곧장 온 민혁의 나에 대한 기대심이 명치끝에 미쳐와서였다.

우리는 아버지가 시행정위원회 지도원에 불과한 가정이었지만 시집편에서는 그래도 그것을 크게 여겼다. 어른들

의 그 마음이 어린것의 가슴에까지 옮겨 앉게 되어 민혁이
가 지금 저희 집에 앞서 나부터 찾아온 것이 분명했다. 울음
은 그쳤으나 아직도 눈물이 그렁해 있는 민혁의 송아지 눈
이 나를 더 앉아 있지 못하게 했다. 나는 민혁이가 혼자 놀도
록 타일러놓고 곧장 학교로 갔다. 문영희라고 민혁이네 인민
학교 소년단 지도원이 마침 나의 소꿉시절 동무였던 것이다.
그런데 그의 말을 듣고 보니 내가 코흘리개들 문제를 시답
잖게 생각하고 찾아갔던 것과는 달리 내용이 너무도 엄엄한
것과 연결되어 있었다.

"우리 사이에 뭐 숨길 게 있니" 하며 문영희가 하는 말은
이러했다.

"이번 일은 소년단 입단 후 새로 꾸려지는 간부 문제라는
데 방점이 있는 거야. 담임선생은 그 애를 그냥 학급반장으
로 선출하자는 안을 들고 왔댔어. 학교에선 공부도 생활도
그 애를 따를 애가 없는 게 사실이니깐. 하지만 내가 그 안을
들고 학교 당비서한테 비준 받으러 가니 '동무 이 애 아버지
가 원산 이주민이라는 걸 모르나?' 하며 그래 이름을 단번에
빡 그어버리는데 나도 어쩔 수가 없었어. 소년단 조직은 우
리 당 조직의 1학년이나 같으니 소년단 이전 시기처럼 간부
선발을 해서는 안 된다는 거지 뭐."

나는 문영희의 그 말에 너무도 아연하여 입을 열 수가 없

었다.

"난 정말 모르겠어. 네 처지에서 어떻게 그런…."

"됐어, 그런 얘긴."

나는 계속하려는 문영희의 말을 막아버렸다. 그리고 부탁했다.

"그런 말까지 해주려는 걸 보니 난 네가 더 가깝게만 느껴지는구나, 진정으로. 그렇다는 의미에서 하나 부탁하자. 너의 남편이 마침 시안전부 주민등록과에 있지 않니? 그러니 그 집 문건 내용을 좀 사본해다 줘."

시집의 가정성분 내용은 물론 알고도 남음이 있었지만 그 영향이 너무도 어린싹에게까지 미치는 데 대한 놀라움이 나로 하여금 이런 부탁을 하게 했다.

나는 기껏 힘써주겠다는 문영희의 대답을 듣고 교정을 나서긴 했으나 어째서인지 발걸음이 허정거려졌다.

4월 30일

생활이 나를 두고 무슨 시험이라도 쳐보는 것이 아닌지 모르겠다. 날마다 가슴에 옹치는 일만 생기니 말이다. 오늘은 식량배급소에 갔다가 선희 언니를 만났다. 나의 중학시절의 이 년 선배이자 남편과는 동창이어서 만날 때마다 각근히 굴어주는 언니였다. 배급소에 사람이 어찌나 꽉 들어찼는지 우리는 쌀 표를 떼놓고도 밖에 나와 한 시간이나 기다려야 했다. 그래 선 채로 이 말 저 말 나누던 가운데 선희 언니가 불쑥 밑도 끝도 없는 말을 꺼냈다.

"참, 그 사람이 너희 집에 갔던?"

"네?"

"아 거 있잖아, 우리 학교서 세 번째 유학생이던 창혁이라고."

"네. 그 재판소장네 아들….."

"옳아, 옳아. 그 사람."

"그런데 그 사람이 어떻게요?"

"그럼 아직 너의 남편을 안 찾아갔더란 말이니?"

"글쎄 난 잘….."

"그 사람이 유학 갔다 귀국해서 엊그제 동창회 비슷한 걸 차렸댔단다. 저희 집에서."

"그런데요?"

"그런데 식사가 시작되기 전에 누군가가 일철 동무가 왜 보이지 않아? 하니까 일철이는 어디 친척 방문 갔다기에 따로 청하기루 했어, 했댔기에 말야. 창혁 그 사람이."

이때 마침 우리집 배급번호 부르는 소리가 나지 않았더라면 나는 선희 언니 앞에 더 이상 서 있지 못했을 것이다.

'성분 나쁜 사람 돼서 멀리하려면 그저 멀리할 것이지 그

런 거짓말을 왜 해? 남편이 친척 방문을 갔다구?'

나는 억이 막혔다. 남편을 피하는 사람에 대한 야속함보다
도 그 무슨 몹쓸 전염병 환자라도 되는 것처럼 그런 피함을
당하며 살아가야 하는 남편의 비운이 너무도 절통해서였다.

5월 9일

국수칸에 가서 맡겼던 국수를 찾아가지고 오는데 뒤에서
웬 아이가 내 손을 답싹 잡았다. 돌아보니 민혁이와 한 사택
에 사는 정호라는 애였다.

"민혁이 아지미! 민혁이가 울어요."

"웅? 어디서?"

"저기요. 저기 나무 아래서."

나는 국수보따리를 인 채 애가 이끄는 대로 이발소 골목을
급히 꺾어 돌았다.

연록색 잎이 피어나기 시작하는 가로수 밑에 정말 민혁이
가 서 있었다. 울음은 그쳤는데 무슨 생각을 하는지 가로수
기둥에 등을 붙인 채 하염없이 먼눈을 팔고 있었다.

"민혁! 웬일이냐?"

내가 묻자 민혁이는 다시 쿨쩍거리기 시작했다. 정호가 대
신 대답했다.

"이자 학교서 이리로 오는데 저 돌다리를 민혁이가 먼저

건는다구, 그 새끼가 다리를 걸었어요. 학급장 떨어진 새끼
가 먼저 건는다구 하면서."

나는 그 소리에 화가 나서 민혁이를 꾸짖었다.

"그렇게 넘어지구두 이처럼 울고만 섰어? 정호야, 그 새끼
라는 게 누구지? 왈패냐?"

"치- 민혁이보담 깔때긴*데 뭐."

"그런데 왜 이렇게 울고만 섰단 말야? 바보처럼."

"씨! 그래도 그 애 아버진 시당에 다니니깐요."

정호의 곁드는 소리가 내 가슴을 쿡 찌르고 들었다. 바로
정호의 그 말과 같은 생각이 지금 나무에 기대고 선 민혁이
의 두 눈에서 하염없는 빛을 자아내고 있는 것이었다.

'그럼 민혁이가 벌써 아버지와 자기 처지를 감수하기 시작
했단 말인가?'

나는 이런 생각이 갈마드는 순간 민혁이를 품에 꼭 끌어안
았다. 애어린 가슴에 너무도 일찍이 들씌워지기 시작한 찬서
리를 조금이나마 녹여주고 싶어서!

민혁이도 다시 울고 나도 울었다.

---

* 깔따구. '볼품없이 살이 여윈 사람'을 빗대 이르는 말.

5월 15일

오늘 길가에서 공장 기술지도원 아버님을 만났다. 내가 사도공을 시작할 때부터 친딸처럼 대해주는 분이었다. 그런데 인사를 반겨 받으며 예사롭게 지나치던 그가 "거 참"하며 나를 붙들어 세웠다.

"일전에 거 내가 집에 보냈던 과학기술 출판사 기자 있지 않나?"

"예, 민혁이 삼촌을 찾아왔던…."

"응, 그 일 말야. 그 일을 가두 주재원한테 알렸댔나?"

"아이 참, 그런 일을 뭘 다 주재원한테 알리겠나요."

"그런데 공장 주재원이 그 일을 어떻게 알구 날 추궁해? 뭐 공장에 찾아온 외부 사람이면 자기한테 먼저 알려야지 가두 주재원이 먼저 알구 밝히려 드니 제 입장이 딱해지지 않느냐면서 말이지."

"전 정말 그런 일 없었는데요."

"글쎄 그럴 수가 없단 말야… 흠! 어디서 얻어 들었던 간에 괜히 쓸데없는 일 가지구 걸구 채근하면서들 원, 쯔쯧…."

이어 아버님은 좌우간 알았다며 가던 길을 가버렸다. 그러나 나는 그 자리를 쉬이 뜰 수가 없었다. 짚이는 생각이 있어서였다. 이틀 전 그날 나는 남편이 금방 점심식사를 끝내고 나간 뒤에 찾아온 그 기자를 문밖의 선 자리에서 돌려보냈다.

그때 그것을 먼발치에서 본 사람이 있다면 그 시각에 마침 석탄재를 옮기던 우리 층 4호집 여인뿐이었다. 그런데 잠시 후에 우리집에 찾아온 것은 아래층에 사는 인민반장이었다.

"저… 민혁 아지미! 에참, 어서 하나 낳아야지 애가 없으니 뭐라구 부르기두 바쁘다 원."

인민반장은 그날따라 수다를 떨더니 "가만! 이 집두 요전번 분토 수집날 동원됐던가?" 했다.

"예."

"아이구! 그런 걸 난…."

인민반장은 제풀에 혀를 끌낄거리며 들고 온 수첩에다 무엇인가를 끄적거렸다. 그러고는 지나가는 말처럼 엮어댔다.

"한데 민혁 삼촌을 찾아오는 사람은 어쩌면 하나같이 끌끌한* 사람들뿐인가? 좀 전에 왔던 그 검정 안경쟁이처럼."

"반장어머니두… 뭘 그렇겠나요. 그 사람은 공장 기술과에 일 보러 온 출판사 기자일 뿐인데요…."

그때 나는 기자가 왔을 때 밖에 나타나지도 않았던 인민반장이 어떻게 이런 말을 할까 하면서도 그저 무심히 이렇게 대답했었다. 그런데 오늘 보니 그날 반장이 분명 4호집 여인의 귀띔을 듣고 나를 통해 다시 확인한 다음 가두 주재원에

---

* 끌끌하다. 몸이 튼튼하고 생김새가 미끈하며 활력에 넘쳐 있다.

게 다시 보고했던 것이 틀림없었다. 하다면 결과는 우리집이 일상적인 감시 대상이라는 것밖에 없다. 어쩌면 이럴 수가 있는가, 어쩌면!…… 설사 민혁 할아버지가 죽을죄를 짓고 갔다 한들 그때 열 살 안팎의 철부지들이던 그 자식들에게야 무슨 죄가 있다고! 하긴 할아버지의 그림자조차 보지 못한 민혁에게까지 그 화가 미치고 있는 것을 보면 민혁 아버지나 그 삼촌에게는 그것이 응분한 일이라 해도 그른 말이 아닐 것이다. 너무하다. 하라는 대로 일밖에 모르는 순진한 사람들에게 참으로 너무하다. 만약 민혁 삼촌이 이런 일들을 알게 된다면 가슴이 터져와 어떻게 살까. 양말목이라 뒤집어 보일 수도 없고!

어떻게 하나 모든 일을 다 모르게 해야겠는데 알게 될까봐 가슴이 졸여진다.

5월 23일

문영희가 꼭 한 달 만에 부탁했던 사본을 가져왔다. 차라리 안 보는 것이 좋았을걸. 내가 왜 그런 부탁을 했는지 모르겠다.

리일철
계층별―149호 가족

평가— 적대군중

아버지 리명수

일제시기 부농으로서 당의 농협협동화 정책에 불만 품고 원산시 ○○
군 ○○리에서 논벼 랭상모에 대한 해독행위 감행. 반당 반혁명 종파분
자로 처단.

어머니 정인숙

남편의 처단에 대한 불만과 화병으로 현 거주지에서 사망.

나는 떨리는 손에 사본을 쥔 채 창가에 한참이나 멍청히
서 있었다.

149호, 적대군중, 반당 반혁명 종파분자 등의 살벌한 글발
이 눈앞에 뒤엉켜 도는 가운데 문영희가 사본을 내 손에 쥐
여주며 하던 말이 다시 무섭게 울려와서였다.

"글쎄 우리 세대주가 이런 사본을 빼돌린 것이 탄로되는
날엔 자기도 끝장이라며 하는 말이 149호라는 말에 있다는
거야. 그건 내각 결정 149호에 의해 이주시켰다는 것을 의미
하는데 당에서 이주 역적으로 보며 대대로 계산하는 계층이
라는 거야."

149! 그것은 참으로 무서운 말이었다. 도장도 그저 도장이
아니라 목장에서 가축들의 잔등에 지워지지 않게 불에 달구

어 찍어대는 쇠도장이었다. 옛날엔 노예들에게도 찍었다던 그런 무서운 철인이 지금 민혁 아버지와 그의 삼촌에겐 물론, 여리고 여린 민혁의 잔등에까지 깊숙이 찍혀져 있는 것이었다.

민혁이 문제를 두고 문영희와 뭘 좀 어째볼까 했던 애초의 나의 속궁리는 바늘구멍만 한 광명도 내다보이지 않는 막막함으로 끝나고 말았다. 그러자 나의 눈앞에는 눈물범벅이 되어 나부터 찾아왔던 그 얼굴, 가로수에 등을 기대고 서서 나이에 어울리지 않게 하염없는 눈길을 팔고 있던 민혁의 그 얼굴이 다시 떠오르며 코허리가 불로 지지는 듯하기 시작했다. 아버지나 삼촌의 불행은 아무것도 아니었다. 그 어린것이 지금부터 온 한생을 부모들이 걸어온 피눈물의 길을 한 치 한 치 따라 걸어야 할 생각을 하니 가슴속이 막 찢어지는 것 같았다.

나는 사본을 쥔 손으로 나도 모르게 내 아랫배를 더듬었다. 거기서는 지금 결혼 후 뒤늦게이긴 하지만 새 생명이 움터 자라고 있었다. 부끄러워 아직 남편에게 알리지 않고 있었던 것이 다행 중 다행이었다는 생각이 들었다. 이 땅에 생명을 낳을 때 그 생명이 복되기를 바라서이지 한뉘를 가시밭을 헤쳐야 할 생명임을 안다면 그런 생명을 낳을 어머니가 이 세상 어디에 있으랴! 만약 그런 어머니가 있다면 그것은 어머니이기 전에 죄인 중에도 가장 잔악한 죄인이 될 것이다! 오늘내일 중으로 꼭 산부인과에 가야겠다.

10월 28일

세월은 참 빠르기도 하다. 창밖 가로수에 불타던 단풍은 어디로 다 사라지고 벌거벗은 가지들에 바람 소리만 소란하다. 날씨가 퍽이나 쌀쌀한데 민혁이가 옷이나 든든히 껴입고 학교에 갔는지 모르겠다. 점점 왜 이렇게 그 애가 애처로워지는 것일까. 마치 어머니가 없는 아이나 한 것처럼. 그 애가 학교서 조금만 얼어 들어와도 꼭 껴안아주지 않고는 못 견디겠다. 그런 순간이면 나의 온기로 그의 아버지와 삼촌의 아픈 가슴도 얼마간이나마 함께 녹여주는 것 같아 내 마음도 한결 따뜻해진다.

제발 부문당비서의 도움으로 남편이 입당만 하게 되었으면! 그리고 장차 민혁 아버지까지도 그래서 그 쇠도장들을 잔등에서 지워버릴 수만 있다면!… 민혁이가 다시는 돌다리를 먼저 건넜다고 모멸의 발길에 걸려 넘어지지 않게 되고 범죄의 소굴을 들여다보듯 하는 색안경 속에서 우리집이 벗어나게만 된다면!…

아, 그때는 나도 새 생명을 낳으련만! 때로 나 혼자 이런 공상에 잠겨 있노라면 생각은 어느새 아래층 부문당비서에게 이어진다. 남들이야 우리를 피하든 감시하든 아랑곳없이 종종 찾아와 나를 위로도 해주고 남편의 뒤를 잘 돕도록 타일러도 주는 그가 끝없이 고맙기만 해서이다.

11월 13일

이불장 뒷구석을 뒤지다 가슴이 철렁했다. 소파搔爬 후 거기다 감춰두고 쓰던 피임약이 없어졌다. 쥐가 물어갔을까? 그럴 수가 없다. 그럼 혹시 민혁이가? 아니다. 그런 장난할 민혁이가 아니다. 그럼? 그렇다! 누구를 더 의심해볼 것이 없다. 틀림없이 남편의 손에 들어갔다. 어쩌면 좋아? 제발 피임약이라는 것만을 몰라도 좋겠는데… 그간 무슨 약인가 물어본 일이 없었던 것으로 보아 모르는 것 같지도 않다. 그렇다면 지금까지 나의 잉태를 은근히 기다려온 남편이 이제 뭐라고 할까. 그러면 나는 어떻게 변명을 해야 하고….

남편의 그 아픈 가슴에 부디 덧아픔을 주지 말아야겠는데 어떻게 할 궁리가 나지지 않는다.

괴롭다. 정말 괴롭다.

11월 21일

그간 내가 몰래 지어먹던 '두벌밥'이 오늘 끝내 남편에게 들켜 '개죽'이라고 '평가' 받고야 말았다. 하지만 개죽이라면 어떻고 돼지죽이라면 어때? 남편이 더 의심을 하지 않고 개죽이라는 평가를 내리게 된 것만도 다행인데. 아무리 세심한 사람이다 뭐다 해도 남자란 역시 남잔가 보다. 아침마다 일부러 출근시간이 빽빽하게 밥상을 차려놓고는 요 핑계 저 핑계 남편이 식사를 끝낼 무렵에야 내가 밥상에 마주앉아 몇 술 뜨는 척한다는 것, 그렇게 내 아침밥을 남편의 점심으로 남겨놓는 대신 남편이 출근하자 나는 다시 두벌 식사를 끓여야 한다는 것, 그리고 이 모든 나의 연극이 배급쌀 떨어져가는 매달 상, 하순 말대마다 끊임없이 반복된다는 것을 여적 모르고 있으니 말이다. "개죽?!" 남편이 잊고 갔던 권척을 받아들고 다시 나가자 나는 혼자 이렇게 웃음이 터지고야 말았다. 그러나 눈귀로는 뜨거운 것이 흘러내렸다. '개죽'으로 끼니를 이어나가는 내 신세가 애달파서가 아니라 불우한 남편을 그런 식으로밖에 받들어줄 수밖에 없는 나의 무능력이 속상하고 안타까워서였다.

12월 19일

뜻밖이다. 천만 뜻밖이다! 벌써부터 속으로 얼마간씩 느껴오긴 했지만 부문당비서가 그런 사람인 줄은 정말 몰랐다. 남편이 점심식사를 하고 나간 지 얼마 안 지나 복도문 열리는 소리가 나더니 부문당비서가 방으로 들어왔다. 자주 다녀

허물이 없어서인지 그가 그렇게 제집처럼 문을 열고 들어오는 데에 나도 이젠 얼마간 익숙해져 있었다. 그런데 오늘따라 출입문을 안으로 걸며 들어오는 것이 별로 가슴에 섬뜩했다. 여느 때는 조카애의 이름을 빌려 그저 "민혁!" 하고 나를 부르던 것과는 달리 "명옥이!" 하는 그의 입에서 물컥 술내가 풍겨왔다. "명옥이! 민구 기다리라구. 내가 공력을 적게 해서 안 되는 게 아니야. 워낙 힘든 입당 대상이란 말야. 명옥이나 그네가, 응?"

말마디 때마다 내 쪽으로 밀무릎 걸음쳐오는 그의 숨결은 알리게 높아지고 있었다. 그가 접근해오는 것만큼 뒤로 밀리우다보니 나는 이젠 방구석에 몰려들어 뒤로 더 피할 자리도 없었다. 그런데도 그는 내 무릎 앞으로 그냥 움지럭움지럭 다가오고 있었다. "그러나 맘 놔라. 나그네 입당 문젠 이 내 손에 달렸으니 말야. 이 내 손."

부문당비서가 "이 내 손" 하며 내혼들던 손으로 내 손목을 덥석 잡아줬었다. 나는 눈앞이 캄캄해졌다. 이때 만약 밖에서 나를 찾는 민혁이의 목소리가 들려오지 않았다면 방 안에서 무슨 난투극이 벌어졌을지 모른다. 내가 뛰어나가 문을 여는 사이 부문당비서는 날래게도 열리는 문 뒤에 붙어섰다가 민혁이가 모르게 바람처럼 빠져나갔다.

나는 민혁이 앞에서 그러지 말자고 입술을 깨물었으나 쏟

아지는 눈물을 걷잡을 수가 없었다. 흐느끼는 나를 보고 작은
엄마 왜 우느냐구 민혁이도 덩달아 눈물이 글썽해 서 있었다.
나는 그저 좀 아파서 그런다고 대답했다. 정말 아팠다. 분하
고 억울하고 가련하고 막막한 생각들에 가슴이 터질 것만 같
았다. 어쩌면 애오라지 기둥으로 부둥켜안고 살아오던 그것
마저도 알고 보니 기만과 희롱의 검은 그림자였단 말인가!

울어도 울어도 아픈 가슴이 잦아들 줄 몰랐다. 그렇다고
어디다 하소연할 곳도 없었다. 남편이 이 사건을 알게 되면
기절을 할지도 모른다. 그러니 암만 가슴이 저리고 쓰려도
이 일 역시 나 혼자 삼키고 살아나가는 길밖에 없다. 참고 견
디며 살아가다가 못 견뎌 피를 토하며 죽는 한이 있어도 남
편에게는….

상기!

나도 사람이었을까. 이런 아내를 이모저모로 못 믿고 의심까
지 했던 나도 사람이었을까 말이네. 가슴속에서 끓던 그 불덩
이 같은 사랑마저도 '개죽'으로밖에 보지 못하며 살아온 내가
무슨 남편이고 무슨 인간이었겠냐 말야. 나 같은 놈에게 왜 벌
써 천벌이 내려지지 않았던 걸까. 염라대왕은 뭘 하고….

나를 위해 온갖 수모와 아픔을 혼자 삼켜온 아내, 지금에 와
보니 민혁이에 대한 사랑도 그대로 나에 대한 사랑의 연장이

었던 아내, 자신은 '개죽'을 끓여 삼킬 정도로 나를 위하면서도 나의 처지와 불행이 얼마나 처절히 가슴에 사무쳐왔으면 새 생명을 낳고 키우고 싶은 여성의 그 본능마저도 짓씹어 삼켜왔드란 말인가!

상기!

나는 일기장을 덮으며 그날 믿으려야 믿을 수 없고 안 믿으려야 안 믿을 수도 없는 현실 앞에서 울었네. 나는 아내의 손을, 아내는 나의 손을 부둥켜 쥐고 침대머리에 걸터앉은 채 애들처럼 흐느끼며 우리는 울고 또 울었어. 그리고 결심했네. 그 어떤 성실과 근면으로써도 삶을 뿌리내릴 수 없는 기만과 허위와 학정과 굴욕의 이 땅에서의 탈출을 말이네.

벌써 창가에 어둠이 깃들어오누만. 벽시계가 이 땅에서의 마지막 시간을 재촉하고 있네. 이제 몇 분 후면 우리는 기차로 이곳을 떠나 어느 한 해변가로 스며들게 될 거네. 거기엔 내가 절치부심하며 준비해 감추어둔 쪽배 한 척이 있네. 형의 식솔까지 해서 다섯 생명의 운명이 실리게 될 쪽배지. 물론 위험천만한 탈출 방법이네. 해안경비대나 순찰정의 총알에 맞을 수도 있고 풍랑에 나뭇잎처럼 삼켜질 수도 있으니까. 하나 이렇게 살아 최악의 고뇌에 시달리느니 차라리 죽어 그것을 잊어버리는 것이 낫겠기에 목숨을 내대야 하는 탈출 방법도 서슴없이 선택한 우리들이네. 혹시 운명이 구원의 손길을 뻗쳐준다면 새

삶을 찾게 될 우리들일지도 모르지. 그렇지 못할 경우 우리는 바랄 뿐이네. 창파 위에 떴던 한 점의 우리 쪽배 그대로가 이 땅은 인생불모지라는 낙인으로 찍혀지기를!

언제 다시 보게 될지 모를 일철이가

1989. 12. 12.

유
령
의

도
시

국경절 행사를 하루 앞둔 평양은 벌겋게 달아 있었다. 석 달 전부터 다그쳐오는 행사 준비의 마지막 날이니 그럴 만도 했다.

한경희는 전동차가 '풍년역'에 멎었을 때에야 겨우 자리 하나를 얻어 비집고 앉았다. 지하철도 지상에 못지않게 사람들이 범람했다. 군인들, 대학생들, 가장물 부품을 맞든 노동 청년들과 꽃다발을 쥔 일반 시민들, 단복 차림의 중학생들과 곤봉을 쥔 소년단원들이 지하역마다 밀물처럼 내리고 밀물처럼 올랐다. 그 차림새와 갖춤새로 보아 모두가 100만 군중시위 연습 참가자들이었다.

한경희는 사정없이 조여드는 자리를 좀 더 넓혀 앉으려 실한 몸을 비비적거리면서도 줄곧 아들애의 얼굴에서 시선을 떼지 못했다. 사무가방과 함께 앞에 껴안은 세 살잡이 아들애는 풀로 붙인 듯 그의 가슴에 꼭 붙어 있었다. 한쪽 뺨마저 한경희의 풍만한 젖가슴에 눌러대고 도릿도릿 주위 사람들을 쳐다보는 아들애의 병적인 시선엔 불안과 공포의 그늘이 짙게 비껴 있다. 전동차가 달리기 시작하자 열기와 소음으로 숨막히던 공기가 한결 시원해지며 가슴이 좀 열리는 듯했다. 그러자 문득 한경희의 귓전에 탁아소 보모의 목소리가 되살아오른다. 체통도, 괄괄한 성미도 한경희와 형제 같다고 사람들이 말하는 탁아소 보모는 퇴근차로 들른 여러 부형들 앞에서 아들애를 안겨주며 이렇게 장광설을 늘어놓았던 것이다.

"수산물 상점 지배인! 지배인이레 이 애한테 '어비' 얘기라두 들려준 게 아니우? 말 안 듣는 애들은 가죽 망태기에 꾹꾹 담아다 우물에 처넣었다는 그 어비 얘길 말이우. 글쎄 오늘두 자다가는 '어비, 어비' 하며 땀이 처럭해 깨나서는 앙앙 울어대곤 하는데 아, 어카문 지배인의 그 떡대 같은 몸속에서 이런 약골이가 나왔을까 하는 생각까지 들지 않겠수 원."

"하하… 날 닮았으면 안 그러겠는데 보모 애를 먹이자구 누구 딴사람을 닮은 모양이죠?"

한경희는 안 나오는 웃음을 일부러 웃었다. 서른여섯 나이에 통 크고 배짱 센 여자 지배인으로 소문난 한경희였지만 보모가 '어비'라는 말로 정통을 찌르고 드는 데는 어지간히 당황하지 않을 수 없었던 것이다. 물론 보모의 말은 보채는 아이를 어떻게 대책해달라는 불만을 좋게 에둘러대는 것에 지나지 않는 것이었다. 그러나 그 말을 그렇게만 받아들일 수가 없는 한경희였다. '보모가 무슨 눈치라도 챈 것이 아닐까? 그렇지 않다면야 어떻게 어비라는 말을 심통히 짚어낼 수가 있어? 까짓거 눈치챈들 어때? 속대 약한 사람들의 괜한 근심이지.'

한경희는 승리역에서 내려 집을 향해 걷는 동안에도 줄곧 이런 생각에서 벗어나지 못하고 있었다. 적위대원*들이 만세를 외쳐대며 사열 훈련을 하고 있는 김일성광장 근처에 이르러서야 그의 생각은 끊어졌다. 적위대원들의 머리 물결 너머로 5호 아파트 6층인 그의 집 창문이 빤히 건너다보였다. 여기서 광장만 질러 나가면 곧장 가닿게 되는 그의 집이었다. 그러나 오늘은 그럴 수가 없었다. 사열 훈련자들 때문이 아니었다. 광장에 들어서는 경우 오늘따라 자지도 않고 눈이 말똥말똥해 있는 아들애가 필경 그 '어비'(광장 옆에 있는 마르크스의 초상화)를 또 보게 될 수밖에 없기 때문이었다.

"새끼두! 말캉한 애빌 닮아가지구…."

한경희는 저두 모르게 이처럼 아들애를 나무라며 돌아가는 길인 어린이웃 상점 쪽으로 발길을 돌려버렸다. 정말 체소한 겉도, 콩나물 같은 속대도 아버지를 쪽 빼닮은 아들애였다.

---

* 민간 방위 조직인 적위대에 속한 시민.

그렇지 않다면야 무슨 애가 한갓 그림에 불과한 초상화를 보고 경풍까지 일으켰댔으랴! 한경희는 남편만 아니었어도 벌써 병원엘 가도 가고 아들애에 대한 무슨 대책을 세웠을 것이었다. 그런데 남편이 어찌도 쉬쉬하는지 그럴 수가 없었다. 아무리 세 살잡이 어린애라 해도 선전부 지도원의 아들이 마르크스의 초상화에 놀라 병이 생겼다고 하는 것은 심히 일외적인 일이 아닐 수 없다. 게다가 요새는 국경절 행사 준비의 마지막 단계. 사람들이 괜히 속이 한줌만 해서 오밤중에도 나오라면 두 주먹을 부르쥐고 달려나가는 줄 아는가. 이번 행사 뒤엔 강한 총화사업*이 뒤따른다는데 이래저래 괜히 코에 걸리지 말고 며칠밖에 남지 않은 행사나 잘 넘겨놓고 보자. 이것이 아들애의 병세에 대한 남편의 유일한 구제책이었다.

한경희는 지금 안고 걷는 아들애가 갑자기 곱절로 더 무거워지는 것만 같았다. 며칠째 잿빛 구름을 모으며 흩뜨리며 하던 하늘이 불시에 마파람을 내뿜기 시작했다. 누렇게 떨어진 버들잎과 비닐조각 따위가 이리 몰리구 저리 뒹구는 어린이웃 상점 뒷골목을 빠져나오자 휑 넓은 중앙도로가 눈앞에 나타났다. 행사에 박두迫頭한 거리는 갈기를 곤두세우고 포효하는 어떤 맹수를 연상케 하고 있었다. 도로 양옆에 게양된 무수한 깃

---

* 사업의 형편이나 상태를 분석하고 앞으로의 사업에 도움이 될 경험과 교훈을 찾는 일.

발들의 사나운 퍼덕임, 사처四處에 걸린 대형의 각종 경축판이며 표어들에서 붉깃붉깃 눈을 찌르고 드는 강한 빛발들, 요소마다에서 귀청이 째지게 빽빽거리는 '규찰대'들의 맵짠 호각소리… 거리가 발칵 뒤집히게 뭐라고 열기 띤 소리를 질러대며 새파란 방송차가 성난 듯 질주해갔다. 이착륙하느라 때때로 도시 상공을 낮게 날곤 하는 항다발적이던 발동기 소리조차도 전례 없는 폭음을 터뜨려 사람들의 가슴을 어정쩡해지도록 공굴러대며 그들의 발걸음을 그 어디론가 다몰아대고 있는 것만 같았다.

한경희는 거리를 오가는 다른 사람들처럼 자연히 황황해지는 걸음으로 집에 다다르자 아들애의 장난감들부터 방바닥에 벌려놓았다.

"우리 명식이 용치, 자, 이거 가지구 놀자, 응? 쿵챙쿵챙… 삐유 삐유 삐유…."

한경희는 아들이 잠시 장난감에 혹하는 사이 창문들에다 청색 덧커튼을 쳐놓았다. 그의 집은 아파트 6층의 맨 앞집이어서 창문들이 각각 남쪽과 서쪽을 향하고 있었다. 하여 남쪽 창으로는 광장 남쪽 무역부 청사 측벽에 붙은 카를 마르크스의 초상화가 내다보였고 서쪽 창으로는 광장 주석단 후면에 걸린 김일성의 초상화가 내다보였다. 지금 명식의 눈에는 그 초상화들이 보이지 말아야 했다. 그런데 이미 쳐 있는 흰 나일론 커튼만으로는 그 초상화들을 원만히 가려낼 수가 없었다. 가려낼 수 없을뿐더러 어룽어룽 커튼에 비쳐드는 화상은 오히려 더 오싹함을 자아냈다. 더구나 마르크스의 초상화를 곁에서 직접 보고 기겁했던 명식의 두뇌인 경우에는 상상력까지 동원되어 더 무섭게 표상될 수 있었다.

지난주 토요일 저녁녘이었다. 김일성광장에서는 행사 준비에 보다 자각적으로 떨쳐나설 때에 대한 시민 궐기대회가 있었다. 시간이 긴장한* 때여서 대회를 일부러 시민들의 퇴근시간에 맞춰 조직한 것이었다. 그날 한경희는 아들이 감기를 앓는 중이어서 그를 업은 채로 대회에 참가했었다. 원래 약질로 태어나서인지 오가는 감기를 한 번도 건넌 적이 없는 아들애였다. 잔등이 뜨끈뜨끈해지는 것으로 보아 열이 이만저만이 아닌 것 같았다. 한경희네 중구역 대열은 광장 좌측 첫머리에 서 있었다. 바로 마르크스의 초상화가 머리 위에서 굽어보고 있는 곳이었다. 광장에 아직 조명등이 켜지지 않은 황혼의 어스름 속에서 초상화의 그 구름발 같은 터럭 속에 묻힌 검붉스레한 얼굴 모습은 성한 사람에게도 어딘가 등골을 오싹하게 하는 데가 있었다. 그래서였던지 한경희의 머리에는 언젠가 대학 시절에 읽었던 『공산당선언』의 첫 대목이 절로 떠올랐다.

---

* 긴장하다. 일을 순조롭게 넘기기 어려울 정도로 바듯하다, 팽팽하게 켕기다.

'유령이 구라파를 배회한다. 공산주의 유령이….'

마르크스가 그때 자서전이라도 썼던 것인가? 어쩌면 그 표현은 이 시각 마르크스의 초상화에 신통하게도 어울리는 것이었다. 그것은 정말 사람이 아닌 그 어떤 무시무시한 신화를 간직한 유령에 가까운 모상이었다. 하기는 두루 불안한 마음이 한경희로 하여금 그런 침침한 생각을 품게 했는지도 모른다. 한경희는 그때 회의 도중에 아들애가 말썽이라도 일으키지 않을까 하여 시종 불안을 느끼고 있었던 것이다. 그런데 그것은 공연한 불안이 아니었다. 대회가 시작되어 확성기에서 사회자의 말이 와랑와랑 울려나오자 놀라서였던지 아니면 그 소리가 신경에 거슬려서였던지 아들애가 앙앙 소리를 내며 울기 시작했다. 한경희는 급했다. 아직은 조용했지만 애를 업고 중요 회의에 참가했다고 꾸짖는 소리가 여기저기서 들려오는 것만 같았다. 한경희는 등에 업었던 아들애를 황급히 앞으로 돌려 안았다. 그러며 궁여지책으로 중얼거렸다.

"어비! 어비!"

아들애는 그냥 울어댔다. 그러자 이번엔 아들애를 가슴에서 버쩍 추어올려 그의 시선이 마르크스의 초상화와 곧바로 마주치게 하며 거듭거듭 중얼거렸다.

"어비! 어비!……"

불시에 아들애가 울음을 뚝 그쳤다. 한경희는 후 한숨이 나갔다. 하나 다음 순간 그는 파고들듯 자기 가슴에 얼굴을 꼭 틀어박은 아들애의 불덩어리 같은 몸집에서 파르르 전달되어오는 심상찮은 경련을 느꼈다.

"명식아, 명식아!…… 아니, 이 애가?!……"

한경희는 질겁했다. 입귀에 거품을 문 아들애의 눈자위는 벌써 희뜩 돌아가버렸다. 곁에 마침 의사가 있었기 망정이지 한경희는 그날 참변을 당했을지도 모른다. 명식은 그 후에 집에서도 두 차례나 그렇게 경풍을 일으켰다. 이번엔 창문으로 비쳐드는 '어비'가 그를 놀래었던 것이다. 두 번째 경풍은 능히 예방할 수 있는 것도 한경희의 주의가 세심치 못했던 데서 일어났다. 남쪽 창문만이 아니라 서쪽 창에도 덧커튼을 쳐주었어야 했을 것을 그러지 못했던 것이다. 한번 넋을 잃은 명식의 눈에서는 서쪽 창으로 스며드는 김일성의 초상화까지도 다 같은 '어비'로만 보였던 것이었다.

아들애는 그런대로 장난감에만 취해 있었다. 한경희는 덧커튼을 다 쳐놓았으나 심중은 그냥 복잡하기만 했다. 그의 가슴속에는 지금 또 창밖에서 금방 "육층 삼호!" 하는 가두 당비서의 가시 돋힌 목소리가 들려올 것만 같은 불안이 있었다. 예감대로 정말 그 소리가 들려온다면 벌써 3회전을 치르게 되는 셈이다. 그러니 이번엔 덧커튼 문제를 두고 가두 비서가 순순히 물러서자고 하지 않을 것이다.

"육층 삼호!"

상상 속에서 들려온 소리였던가?!…

"육층 삼호집!"

"아, 예-"

한경희는 안 나가는 흔연한 목소리를 길게 내뽑았다.

"좀 내려오라요."

'끝내……'

한경희는 명식을 들쳐 안고 계단을 내려 밖으로 나갔다.

"지배인 동무, 정말 이러긴가요?"

사십이 벗어진 나이인데도 입술을 빨갛게 물들이고 무도수 백테 안경을 낀 가두 당비서의 목소리는 처음부터 탱탱했다.

"비서 동무, 안됐어요. 그런데-"

"돼시오. 벌써 세 번짼데 뭐 길게 말하가시오?"

길게 말하겠느냐면서도 가두 비서는 긴 말꼬리를 달아나갔다.

"지배인 동문 저 흰 나일론 커튼들에 대해 무슨 의견이라도 있는가요? 이번 행사엔 외국인들두 많이 오구 우리 가두가 중심거리래서리 당에서 배려해준 저 커튼들에 대해서 말야요. 물론 거저 준 것이 아니라 돈 받구 팔아주긴 했지만서두."

"그런 게 아니라니까요. 글쎄 저…."

"봐요. 다른 집들은 통일적으로 다 일정한데 그 집 창문만 어떻게 튀여나는가를*!"

가두 비서는 꼿꼿이 펴든 검지로 손가락질까지 해가며 한경희네 집 창문에 대고 사납게 눈을 빨았다.**

"글쎄 그런 게 아니라 아까 말했던 것처럼-"

"매번 지금처럼 그래서 아니라 저래서가 아니라 하는데 난 알 수 없시오. 지배인 동무가 왜 그렇게 제 고집대로만인지. 집단생활에서 삐여지는*** 데두 배짱 쎈 지배인이 돼야 하는가요?"

"그렇게까지 말할 거야 뭐-"

"그렇게까지요?"

생쥐 입김만 한 반항에 코끼리 콧김만큼이나 높아지는 가두 비서의 언성이었다.

"보가시오? 정말?"

가두 비서는 돌연 한쪽 겨드랑이에 끼고 있던 빨간 뚜껑의 '사업노트'를 발칵발칵 뒤져대기 시작했다.

"그래두 믿을 만한 집이길래 터놓구 알려주가시오. '오호동 육층 삼호집에서는 날마다 퇴근녘인 저녁 여섯시부터 다음날 출근시간 전까지 창문들에 청색 덧커튼을 치곤 하는데 이상하다. 무슨 접선 암호인지도 모르겠다.' 신고 날짜 구월 육일."

---

* 튀여나다. 톡 비어져 나오다.
** 빨다. (눈을) 흘기다.
*** 삐여지다. 일정한 한계나 범위를 벗어나다.

가두 비서는 책뚜껑을 닫는 것과 함께 한경희에게로 시선을 힐끔 들어올리며 계속했다.

"이런 신고가 가두 당비서한테만 들어오지 않았으리라구 생각해도 '그렇게까지'라고 대답하겠냐 말야요."

한경희는 한순간 눈이 쾡해 서 있었다. 하나 인차 가슴속에서 그 무슨 크고도 묵직한 덩어리가 들머덕거리기 시작했다. 흔히 통이 크고 배짱 세다고 불리는 사람들은 무엇을 참고 자신을 견제하는 데서도 그런 기질로 참고 견딜 줄 안다. 그러나 일단 그 참음이 한계를 넘을 때에는 본래의 배짱과 통이 갑절로 크게 터지는 법이다.

"접선 암호요? 하하하……."

한경희의 가슴속에서는 급기야 웃음집이 터져오르고 말았다.

"하하하… 하하하…."

한경희는 그냥 솟구치는 웃음을 참아낼 수가 없었다.

"엄마!"

가슴에 안겨 있던 아들애가 심상치 않은 한경희의 웃음소리에 겁먹은 소리를 냈다. 동시에 이번엔 가두 비서의 눈이 쾡해졌다.

"까짓거 다 말하자요."

아들애를 추어올리며 이렇게 말하는 한경희의 목소리는 벌써 너무나 헌헌했다. 한바탕 웃음을 내쏟는 사이 자잘부레한 우려 따위는 그의 가슴속 굵은 쳇구멍으로 다 빠져나가고 떡돌 같은 뱃심만 걸려 남은 것이었다. 뭐가 두려워서?

한경희는 바리깨머리* 인민학교 때부터 뻘건 줄이 두서너 개씩 그어진 간부 표식이 팔에서 떨어질 줄을 몰랐다. 대학시절과 사회 진출 후에도 역시 간부라는 이름이 바늘에 실 따르듯 했다. 설혹 헛눈을 팔다 발을 헛디딜 때에도 피살자 유가족이라는 든든한 배경이 끄덕없이 그를 떠받들어주곤 했다. 남편역시 겉볼품은 어떻든 간에 쟁쟁한 혁명학원 출신이었다. 쪼물짝한 남편의 성미에 괜히 벌벌 떨기를 좋아해서 그렇지 젖먹이 어린애의 일 앞에서 그렇게까지 위축될 일이 뭐란 말인가! 아들애가 마르크스의 초상화를 무서워했다 해서 그의 사상을 반대하기라도 했단 말인가?

"다 말한다구서 뭐 하하… 간첩 혐의 받는 것보다 더한 일 생길라구요?"

한경희는 터무니없는 웃음집이 흔들리는 것을 겨우 참아가며 광장에서 벌어졌던 일로부터 시작하여 명식의 병세며 덧커튼에 대한 일까지를 단숨에 내뱉었다.

"그렇다면 마르크스의 초상화가 안 보이는 이쪽 창문은 왜 가리우는 거죠?"

---

* 주발의 뚜껑(바리깨)을 머리에 얹고 깎은 듯한 머리.

"그 창문으론 저기 저 주석단에 모신 위대한 수령님의 초상화가 보이거든요."

"그런데요?"

"거… 있잖아요, 자라 보고 놀란 애 솥뚜껑 보고도 놀란다는…."

그러며 한경희는 명식이가 김일성의 초상화를 보고도 경풍을 일으켰던 일까지 마저 이야기했다.

"뭐-요? 위대한 수령님의 초상화를 보구서두요?"

가두 비서의 백테 안경이 유난히 날카롭게 반짝하는 것 같았으나 이미 배짱이 부풀 대로 부푼 한경희에게는 그것이 꿈만했다.*

"글쎄 사실은 이러하니까 저 덧커튼을 좀 이해해달라는 겁니다, 애만 줄창 보아줄 수도 없구 그렇다구 골방에 가두어둘 수도 없구. 어쩌겠나요. 행사 당날인 내일에야 치겠나요."

"안 돼요."

가두 비서는 칼로 자르듯 우선 부정부터 해놓고 갈퀴진 목소리로 급히 말꼬리를 달았다.

"이것은 단순한 커튼 문제가 아니라 당의 유일사상체계와 관련되는 문제야요. 당장 이번 행사 총화가 사상투쟁의 분위기 속

---

* 꿈만하다. 대수롭지 않게 여기어 크게 마음을 쓰는 것이 없다.

에서 진행된다는 건 지배인 동무도 알갔디요? 더 말 안 카시오."

한경희는 뭐라고 응대하려 했으나 그럴 수가 없었다. 가두
비서가 사냥물을 챈 솔개마냥 표표히 대동문영화관 쪽으로 사
라져버렸기 때문이었다.

한경희 집 창문에서 덧커튼이 벗겨진 것은 그로부터 약 두
시간 후였다. 그것도 한경희에 의해서가 아니라 남편 박성일에
의해서였다. 가두 비서의 거의 모멸적인 마지막 언행에 불쾌해
질 대로 불쾌해져 흥 하고 콧방귀를 불며 주방칸에서 저녁거
리를 준비하고 있었다. 그런데 여느 날 없이 일찍이 남편이 들
어섰다.

"여보, 덧커튼을 왜 또 쳤소, 응?"

남편은 무엇이 그리 급한지 문턱을 넘어서지도 못하고 주방
칸 문고리를 쥐고 선 채로 언성을 높였다. 해쓱한 얼굴색 때문
에 일상적으로 유난히 새까매 보이는 두 눈썹이 여덟 팔자를
거꾸로 그리고 있었다.

"아니? 오늘은 왜 모두 이래요. 당신까지?"

방으로 통한 문을 열어놓고 한편 아들애를 어르며 가지를
썰고 있던 한경희의 양미간에도 내 천자가 새겨졌다.

"답답하오. 답답해."

남편은 휑하니 들어가 양쪽 창문의 덧커튼들을 와락와락 벗
기는 모양이더니 아들애를 데리고 다시 부엌가에 나타났다.

64

"내 그리 말했는데두 귀에 안 먹어드오? 이젠 지방서 시집온 지가 언제라구 이 도시의 생태를 그리도 모르는가 말이오?"

남편은 맥이 풀린다는 듯 문턱 위에 털썩 걸터앉으며 한경희의 얼굴에서 시선을 뗄 줄 몰랐다.

"내 엊그제두 또 농담 삼아 '토영삼굴'이라는 말을 꺼내지 않았댔소. 자기의 안전을 위해 세 개의 굴을 가지고 산다는 토끼처럼 돌다리도 항상 두드려보며 건너야 하는 것이 이 평양이라는 도시의 생리라는 걸 말요."

"글쎄 왜 이러느냐 말예요, 오늘은 모두?"

남편은 대답 대신 잠시 한경희를 바라보다가 호주머니를 뒤져 담배를 붙여 물었다. 그러고는 뻑뻑 소리가 나게 서너 번 연거푸 빨아들이기만 하던 담배연기를 후— 하고 한숨에 내뿜었다.

"당신은…."

남편은 손을 들어 마르크스의 초상화를 가리키며 말했다.

"저기 저 마르크스가 내놓은 모든 이론 중에서 가장 위대한 이론이 뭔지 아오?"

"아이구나! 유별나라! 오늘은 제가 대학시절로까지 되돌아가야 하는 게 아닌가요? 흥…."

"그런 말 말구 내 말을 듣소. 물론 상대적이긴 하지만 그건 자본론도, 과학적공산주의 건설 이론도 아닌 바로 프롤레타리

아독재 이론이오. 왜냐하면 자본주의의 무기가 자본이라면 우리가 사는 사회주의의 무기는 프롤레타리아독재이기 때문이오. 프롤레타리아독재! 그게 어떤 것인지를 알기에 이 도시 사람들은 누구나가 토영삼굴을 따르며 살고 있는 거요. 그런데 당신은 피살자 유가족이라는 그 밑자리 하나만을 믿구 너무도 천진스레 살고 있소. 일단 그 독재에 걸리는 날엔 피살자 유가족이 다 뭐겠소. 당신은 전설 속의 어비는 알아도 현실 속의 어비는 너무도 모르며 살고 있단 말이오."

남편의 눈은 이글거렸다. 저 사람에게도 저런 열정이 있었던가 싶을 정도였다.

그러나 애초부터 마음이 뒤틀린 한경희는 남편의 말이 일단락에 이르자 기다렸다는 듯 뚝 잘라 말했다.

"됐어요. 당신한테 오늘 무슨 일이 있었는지는 몰라두 나한텐 그런 철학 강의 들을 겨를이 없어요."

"그것 보오. 지금두 당신이 얼마나 천진한가를!"

남편은 안타깝다는 듯 앉은 자리에서 발을 굴러댔다.

"내 지금 구역 보위부장실에서 오는 길이야. 보위부장실!"

"보위부장실요?"

한경희는 불시에 정색해지며 잠시 남편을 마주보았다. 순간 남편의 모든 일이 명백히 짚여왔다.

"아! 알 만해요. 접선 암호, 하하, 접선 암호 때문이죠?"

"뭐요? 그럼 당신두 불려갔댔소?"

"아니, 아까 가두 당비서가 와서 그런 신고가 자기에게만 들어온 것이 아닐 게구 뭐구 하더군요."

"그래, 당신두 다 말했겠소? 저 덧커튼 이유를?"

"다 말했는걸요… 접선 암호라는 혐의 받는 일보다 더한 일이 생기겠나요? 접선 암호! 하하…….."

"웃을 일이 아니오, 웃을 일! 허약한 내 체질을 유전 받아 아들이 그런 병 앓게 됐다구 중언부언하자 보위부장이 뭐랬는지 알기나 하오?"

"뭐랬게요?"

"유전되는 것이 어찌 체질뿐이겠는가, 정신도 유전되는 법이라는 걸 모르는가?"

"정신?"

"그래! 수령님의 초상화를 두려워하는 정신을 물려준 나나 당신의 정신은 어떤 것이겠소? 응?… 변명해보우."

"아니, 그야…….."

"변명해보란 말요."

남편이 다그쳐댔으나 한경희는 다음 말을 인차* 떠올릴 수가 없었다. 창밖에서 무엇인가 칼날 같은 것이 번쩍하더니 현관

---

* 이내

층계로 드럼통이라도 떨어져 굴러내리는 듯한 우렛소리가 뒤따랐다. 반쯤 열려 있던 출입문을 탕 닫아버리는 바람 소리와 함께 투닥투닥 창유리를 때리는 빗소리가 들려오기 시작했다.

비는 밤이 이슥도록 밀려가고 밀려오고 하였다. 명식은 얕은 잠결에 옴짝옴짝 놀라기까지 하며 한 시간에도 몇 번이나 깨어나는지 알 수 없었다. 한경희는 그러는 아들애를 안정시키느라 밤새도록 침대머리에 앉아 있어야만 했다. 마지막 고개까지 고달픔을 뚫어야 하는 국경절 전날 밤이었다. 빗발이 뜸해질 때마다 어디선가 꺼졌다 켜졌다 하는 경축등 불빛이 창유리에다 삼색꽃을 피워놓는 것이었으나 그것은 명절스러움보다도 오히려 마음의 번거로움만을 더해줄 뿐이었다. 한경희는 껌뻑 졸다가 깜짝 놀라 깨어나서는 기계적으로 아들애를 다독거리군 했다. 그러고는 또 인츰* 꾸벅꾸벅 고개방아를 찧었다.

빗소리, 바람 소리, 도심의 웅근 밤소리… 드디어 그 모든 것이 하나의 소연한 화음을 이루며 한경희의 눈앞에 하나의 생소한 세계를 펼쳐놓는다. "어-비!" 하는 소리가 어디서인지 온 도시에 쯔렁쯔렁 메아리쳐온다.

"집에 가서 자지들 않구 아직 뭣들을 싸다니는 거냐. 내일 행사를 망쳐먹자구, 엉?"

---

* '이내'의 함경남도 방언.

에구머니나! 저게 뭐지?…… 두 고층 아파트 지붕을 양다리로 디디고 호통치는 털이 북실북실한 저 괴물 같은 것이!…… 옳아! 저게 바로 '어비'로구나!

한경희는 넋이 나가도록 질겁하며 어디로인가 냅다 뛴다. 그런데 어비가 디디고 선 아파트의 벌집처럼 총총한 창문들마다 오종종 긴장하며 바깥 동정을 살피고 있는 것은 사람이 아니라 모두 토끼들이 아닌가! 아하, 저게 바로 남편이 걸핏하면 외우곤 하던 토영삼굴의 그 토끼들이구나. 한데 이상한 것은 한경희 자신도 어느새 토영삼굴에 뛰어들어 앉아 있는 것이었다. 주위를 휘휘 둘러보니 별나게도 말캉해 보이는 토끼 하나가 저쪽 침대 위에 누워 잠들어 있었다. 나른하게 늘어진 그 토끼는 가증해 보이도록 입을 하- 벌린 채 도롱도롱 코까지 골고 있다. 어비의 고함 소리에 늘 쫓겨오기만 해서 저렇게 말캉하게 여윈 모양이구나! 그런데 벌린 입 안으로 엿보이는 저 이빨은 또 뭐지? 아니 그럼 침대에 잠들어 있는 것은 토끼가 아니라 남편이었더란 말인가!

"어-마……."

"오, 오! 자장자장…."

무아몽중에도 아들애를 다독여주던 한경희의 손 움직임은 또다시 시나브로 잦아들기 시작한다. 사나운 비바람 속에서도 지친 도시는 잠에 빠져들고 있었다.

날이 밝자 사람들은 하늘부터 쳐다보았다. 남녀노소를 불문하고 이날 아침 하늘을 쳐다보지 않은 평양 사람은 아마 단 한 사람도 없었으리라! 이날을 쫓아 목에서 겨불내*가 나게 달려온 지난 3개월여가 아니었던가. 그런데 오늘따라 날씨는 망령스러웠다. 하늘은 현재 뿌려대고 있는 빗물이 딸리게 될까 걱정이라도 하듯 한편으론 연신 먹물 같은 구름장들을 날라 들이고 있었다. 하나 다행이었다. 여섯시경에 비가 멎었다. 병영에서, 학교에서, 공장에서, 방 안에서 100만의 행사 참가자들이 일시에 왁짝 움직이기 시작했다. 그런데 그로부터 삼십 분도 채 못 되어 하늘은 또다시 만용을 부리고 들었다. 이번에는 비가 뿌려지는 정도가 아니라 아예 하늘을 뒤엎어놓고 만 듯 무더기로 내리쏟아졌다. 사람들이 꽉 들어찬 지하도들과 공공건물들의 채양** 밑과 아파트 복도, 현관들, 지하철 입구와 버스 정류소 대기장들 밖에서 삽시에 물거품이 부글부글 끓어오르고 맨홀들이 넘쳐났다.

여덟시, 아홉시…… 폭우는 시곗바늘이 행사가 시작되게 된 열시를 겨우 사십오 분 앞둔 때에야 어디 이제는 해보라는 듯이 뚝 멎어버렸다. 그러고는 허공에다 '정시행사 불가능'이라

---

* '목구멍 안이 활활 달아오르는 느낌 또는 목 안에서 나는 단내'를 빗대 이르는 말.
** 차양

고 써놓듯 양각도와 모란봉 사이에다 무지개를 걸어놓았다. 사동벌 저쪽 하늘도 쪽빛을 내보이기 시작했다. 이제 날씨는 완전히 갤 조짐이었다. 아직은 시 안에 산재되어 있는 100만의 군중이 사십오 분 안으로 광장에 모여들 수만 있다면 오늘 행사는 산뜻이 씻긴 도시 위에서 정시에 멋지게 진행될 것이었다. 하나 그것은 누구에게나 마른 나무에서 잎이 피기를 기대하는 일로밖에 생각되지 않았다. 멎은 빗발 대신 하늘로 무수한 전파들이 날기 시작했다. 그중에는 '3개월여에 걸쳐 준비한 북조선 국경절 행사 폭우에 밀려 뒷걸음!'이라는 어느 서방나라 기자가 본사로 날리는 전파도 섞여 있었다. 하나 그것은 이 도시를 모르는 사람들의 순진한 생각이었다.

"시민들에게 알린다. 행사는 정시에 진행한다. 각 단체들과 행사 참가자들은 자기들의 집결 장소에 무조건 도착하라!"

3방송* 소리가 온 도시의 고막을 찔렀다. 그 소리에 사람들이 산탄마냥 터져나가기 시작했다. 지하도들과 공공건물들의 채양 밑과 아파트 복도, 현관들, 지하철 입구와 버스 정류소 대기장들에서… 그러나 한경희만은 그 방송 소리를 호젓한 자기 집 방 안에서 들었다. 그는 한 개 단위의 행정책임자이긴 했으나 앓는 아들애 덕에 행사 참가자 명단에서 제외될 수가 있었

---

* 공공기관과 기업소, 집집마다 의무적으로 설치돼 있는 유선방송.

던 것이다. 그래도 집 위치가 위치인 만큼 행사 전반을 누구보다도 정확히 부감俯瞰할 수 있는 곳에 그는 서 있었다. 3방송은 연방 무조건 도착을 촉구했지만 광장은 아직 텅 빈 채로였다. 벽시계 분침은 벌써 열시 삼십오 분 전으로 육박해가고 있었다.

삼십 분 전, 이십오 분 전….

그런데 기적이 나타나기 시작했다. 광장에 하나, 둘, 두부모 같은 대열이 형성되기 시작한 것이다. 대열은 속속 늘어났다. 마치도 '무조건'이라는 그 말이 도시의 이 끝에서 저 끝까지 미치는 마술 쇠꼬챙이가 되어 두룸두룸 사람들을 꿰어다가 광장에 척척 내려놓는 것만 같았다. 드디어 열시 오 분 전에는 온 광장이 울긋불긋한 두부모들로 꽉 들어찼고 1백화점 양쪽 도로부터 소년궁전 앞과 창전네거리에 이르기까지 사람의 대하大河가 꼬리에 꼬리를 물고 늘어서게 되었다.

주석단에 국가 간부들이 등단하기 시작했다. 광장엔 폭풍우가 금방 가라앉은 밤바다마냥 엄엄한 설레임이 흐르고 있었다.

"시민들에게 알린다. 우리는 금방 세인을 전율케 하는 놀라운 기적을 창조하였다. 아홉시 오십오분 현재 백만 군중이 자기들의 대기 장소에 완전히 집결되었다. 폭우가 금방 멎은 최악의 사십오 분간에 우리의 백만 군중은…."

한경희는 다시 들려오는 3방송 소리를 들으며 저도 모르게 두 손을 모아 가슴을 지그시 눌러댔다. 웬일인지 심장이 후두

두해져서였다.

전율!… 방송에서 울린 그 말이 가장 정확한 표현이었다. 금방 한경희의 눈앞에서 이루어진 사변은 경탄을 불러일으키는 기적이기 전에 전율을 자아내는 무서움이었던 것이다. 죽음의 계단을 넘는 일이라 해도 그렇게는 움직이지 못하리라! 불과 사십오 분 안에 도시에 널려 있던 100만의 군중이 광장에 모여들다니! 무슨 힘이, 그 무슨 무서운 힘이 이 도시로 하여금 이런 불가사의한 사변을 낳게 하고 있는 것일까? 그러나 그 대답을 찾기엔 아직 일렀었다. 한경희가 얼마간이나마 그 대답을 찾게 된 것은 그로부터 꼭 보름이 지난 뒤였다.

'사상투쟁의 분위기 속에서 행사 총화'는 도시적으로 연 일 주일에 걸쳐 진행되었다. 각 단위의 총화 회의장마다에서 당비서들의 날선 목소리와 함께 연탁판들이 탕탕 소리를 냈다. 그 앞에서 고개를 숙이고 선 사람들이 가만히 절망적인 한숨을 내쉬기도 하고 입술을 깨물며 매운 눈물을 삼키기도 했다.

행사에 저촉되었다고 생각되는 일들은 큰 것에서 바늘 끝 같은 것까지도 철저히 재판되었다. 그중에서 가장 큰 형벌은 대개가 '추방'이었다. 삽으로 더러운 것을 떠던지듯 추방은 그렇게 가차없이 진행되었다. 추방자들은 이삿짐을 제 손으로 싸지 않아도 되었다. 일단 '동무는 행사기간 ××했던 조건으로 하여 당의 조치에 의해 지방으로 내려가 살게 되었소'라는 '판결'만 내려지게 되면 그 후의 일은 절로 착착 진행되기 마련이었다. 즉 해당 보위원의 입회하에 직장의 몇몇 간부들이 가마니와 새끼통구리를 둘러메고 와서는 주인은 손댈 새도 없이 삽시에 이삿짐을 꾸등쳐놓는* 것이었다. 그 일은 추방되어 가는 해당 방면의 기차 시간과 꼭 맞물리도록 진행되었다. 그리고 이삿짐을 자동차에, 기차에 옮겨 실으며 어딘가 이국땅 같은 먼먼 목적지에 도착될 때까지 보위원이 한걸음도 떨어짐이 없이 '친절'한 동반자가 되어주는 것이었다.

한경희네 살림살이가 바로 그렇게 트럭에 실리게 된 것은 어느 한 북행 열차가 떠나기 한두 시간을 앞둔 밤 열한시경이었다. 물론 그들이 받은 판결 내용은 '…가정혁명화에 등한하고 자녀 교양을 잘못했던 것으로 하여 행사에 해를 주는 일을 저질렀을뿐더러 공산주의 시조인 마르크스의 초상화를 비속화하고 수령님의 초상화를 솥뚜껑에 비기는 등 당의 유일사상체계를 세우는 사업에서 심히 엄중한 과오를 범한 것으로 하여…'였다.

9월 중순의 싸늘한 밤 냉기가 느껴지는 트럭 위의 들쑥날쑥한 이삿짐 사이에 네 사람이 앉아 있었다. 한경희네 세 식구와 보위원이었다. 운전칸이 비어 있었으나 보위원도 적재함에 올

---

* 꾸등치다. 무엇을 한데 꽁꽁 묶거나 싸다.

라탔던 것이다. 선잠을 깨서인지 아들애가 그냥 울어댔다. 그 울음소리와 한경희의 턱에 꼭 졸라매어진 삼각 두건만으로도 수난자의 비감이 역력히 느껴지는 트럭 풍경이었다. 줄담배를 붙여 문 남편의 담뱃대에서 날려난 불똥이 무슨 보따리인지 불 총을 놓고 있었으나 그 누구도 그것을 끌 생각을 하지 않았다.

발동이 걸리지 않아 운전수가 엔진 위에 허리를 굽히고 있는 시간은 길지 않았다. 그러나 그 짧은 동안에도 한경희의 뇌리에선 오만 가지 생각이 오락가락했다. 무엇에 한 바퀴 휘돌리운 듯 머리가 어리벙한 가운데도 생각만은 그처럼 새록새록 떠오르는 것이었다. 현실과는 동이 닿지도 않게 소꿉시절 사금 파리에다 모래밥을 푸던 일이 생각나는가 하면 괄래*라 했다고 뒷집 총각애와 팔 걷어붙이고 싸우던 일이 떠오르기도 했다. 대학시절 겨울방학에 기차에서 내려 밤길 30리를 혼자 걸어 집에 도착했을 때 "원, 이년은 장수´죽은 귀신이 붙었는지 무서운 것두 몰라!" 하며 혀를 들들 굴리던 할머니 일도 생각 났다. 정말 천성적으로 배짱이 센데다 피살자 유가족인 한경희라는 여자는 지금까지 무서움이란 말을 너무도 모르며 살아왔지! 그러나 지금은 그것을 알 수 있을 것만 같았다.

꽝- 하고 운전실 문 닫히는 소리가 났다. 이어 부르는 소리와

---

* 성미가 진득하지 못하고 거세고 팔팔한 사람.

함께 차가 움씰했다. 생각은 일시에 다 흩어지고 바래주듯 불빛이 빠진 정든 집 창문만이 시야에 콱 안겨왔다. 한경희는 가슴속에서 뜨거운 물김 같은 것이 왈칵 터져나오려 했다. 하나 인차 그것을 틀어막는 그 무엇이 있었다. 곁에 앉은 보위원의 칼끝 같은 눈초리였던가, 아니면 "정신차렷!" "정신차렷!" 하고 외치듯이 번쩍이는 정무원 청사 지붕 위의 저 장식등 불빛이었던가. 무심코 왼쪽으로 고개를 돌리는 한경희의 두 눈에 문뜩 환하게 조명을 받은 광장의 두 초상화가 확 다가들었다. 면상이 온통 털 속에 묻힌 마르크스와 매섭게 입을 다문 김일성의 초상화였다. 그 두 붉은 '유령'은 지금 한경희에게 분명 이렇게 호령하고 있었다.

"나가라믄 찍소리 말구 나갈 거지 무슨 허튼 생각이야. 이게 내 도시지 네 도신 줄 아니?"

알고 보니 바로 유령들의 서슬 퍼런 그 독설이, 가차없는 그 주먹이 이 시각 가슴에서 터지려는 한경희의 설움마저도 여지없이 틀어막고 있는 것이었다.

한경희는 돌연 우들우들 온몸이 떨려왔다. 9월의 밤 냉기 때문만이 아니었다. 이 땅에서 삶을 부지하자면 벌써부터 알고 있어야 했을 무섭고도 무서운 그것이 불시에 가슴에 콱 실려와서였다. 도시에 널려 있던 100만의 인원을 사십오 분 안에 광장으로 끌어들였던 그것이 무엇이었던지도 이제야 깨달을 수가 있었다. 만약 남편이 지금 또 "당신은 저기 저 마르크스의 모든 이론 중에서 가장 위대한 이론이 뭔지 아오?" 하고 물어준다면 한경희는 보다 학술적으로, 그리고 보다 진지하고도 뼈저리게 그에 대한 대답을 해줄 것이었다.

트럭은 평양역사驛舍를 향해 달리고 있었다. 국경절 전날 밤 꿈에서 보았던 그 토영삼굴과 심통히도 흡사한 도로 양옆의 아파트 창문들… 자정이 가까웠음에도 정신이 횅하여 그 창문들에서 트럭을 내다보고 있는 뭇시선들을 한경희는 느낀다. 지금 그 시선의 주인들―토영삼굴의 100만의 토끼들은 속이 한 줌만 해서 한경희네를 내다보며 이런 손가락질을 하고 있으리라. 이제라도 또 '어비'의 령이 내려진다면 사십오 분이 아니라 그보다 더 빠른 시간에라도 무조건 광장으로 모둠질쳐 대령을 해야 하리라고!…

1993. 4.

준
마
의

일
생

춥다. 반짝이는 눈보라가 천지에 맞닿았다. 굴뚝의 연기들도 획획 고패 치며* 어디론가 황급히 꼬리를 사리우고 반달음을 놓는다.

전영일도 다급히 사무실 자물쇠를 열고 쫓기듯 안으로 들어서자 으드드 몸을 떨며 라디에이터 위에 손부터 올려놓았다. 테이블 위의 전화통이 따르릉거렸으나 그것은 뒷전이었다. 그런데 라디에이터의 온기라는 게 죽은 놈 콧김만도 못하다. 석탄을 때던 보일러에 젖은 톱밥도 모자라 털털하는 판이니 그럴 수밖에 없었다. 기업소에도 주민 세대들에도 탄 공급이 끊어져 종업원 천여 세대의 아궁이들까지도 공장 톱밥 컨베이어 하나에 주둥이를 대고 살아가는 형편이었다. 세월이 왜 점점

---

* 고패(를) 치다. 어떤 물건이 세차게 올랐다 내렸다 하는 것을 비유적으로 이르는 말.

이 모양이 되어가는지 참 속골이 아픈 노릇이었다.

"제기랄!" 전영일은 혼자 중얼거렸다. 전화가 계속 따르릉 대는데다 녹으라는 손은 안 녹고 오히려 자기의 입김에 마주 선 창유리의 성에가 꺼멓게 녹아들고 있는 데에 화딱지가 났던 것이다. 사람이 사무실 신세가 아니라 사무실이 사람 신세를 지자고 접어드는 판이었다. 꽁무니에 권총 찬 사람이라고는 공장에 둘뿐인 주재원실들이 이 모양이니 다른 처지들이야 더 말해 무엇하랴.

"아, 제길!" 전영일은 그냥 기승을 부리는 전화종 소리에 재삼 투덜대며 와락 송수화기를 집어들었다.

"이보, 게게공당 두대요?"

대번에 고성이 고막을 쩡하니 울려댔다. 혀가 짧아 기계공장 주재원이라는 소리를 별나게 더듬거리는 말투만으로도 상대가 군안전부 통신과장 최광이라는 것이 인차 알렸다. 하나 전영일은 추운 생각뿐 응수할 기분이 나지 않아 모르쇠를 댄 채 가만히 다음 말만을 기다렸다.

"이보, 내 최강이라니."

"아, 네." 전영일은 할 수 없이 반가운 티를 냈다. "통신과장 동지가 어떻게……."

"통신과당이 애이라 오늘은 감탈과당 노릇 좀 하다구 그런당이."

"감찰과장이라뇨? 무슨 사건이라도 있었는가요?"

"무시기드라… 응, 이댜마댜! 거기메 이댜마댜라는 사람 있디?"

"예예, 이댜마댜라는 건 별명이구 본명이 설용수라는….'"

"설용순데?"

"거 왜 모릅니까. 십 년 전만 해두 군내 씨름판에서 소문났던 사람… '이댜마댜' 하구 소리치며 상대를 모조리 꽝꽝 둘러메치던 그 힘장수 말입니다. 지금은 물론 연로보장을 몇 년 앞둔 노인이긴 하지만요."

전영일은 자기도 모르는 새 점차 전화에 끌려들기 시작하며 군에서는 한때 유명한 인물이었던 설용수의 내력을 간단히 거들었다.

"이보이보, 이 최강이 여기 온 디 이자 얼마다구 십 년 던 타령이야, 십 년 던 타령이."

"아참, 그러시군요."

"그래, 이댜마댜라는 괴상한 별명두 그래서 붙었겠디?"

"아닙니다. 그건 한생을 마부로 살아온 그이 입에 밴 말일뿐이구요. 한번은 공장 종업원회의 때 말입니다. 난생 처음 토론이라는 걸 하다가 말이 막히자 말이지요. '뭐드라 이댜마댜…' 하구 군소리를 중얼거리게 되는 바람에 그만….'"

"으하하하… 하하….'"

"허허⋯."

최광이 폭소에 사레들려 돌아가는 소리가 우스워서 전영일도 따라 웃지 않을 수가 없었다.

"허나 그럴 수도 있었지요. 아이 때부터 힘은 장사였지만 학교란 문턱에도 못 가본 사람이었으니까요. 예예, 그 대신 말이지요, 짐을 산더미처럼 실은 마차 위에 우뚝 서서 '이랴마랴' 하구 바람처럼 마차를 몰아댈 땐요, 길 가던 사람들도 눈이 멍청해 쳐다보군 했다질 않습니까."

"다우간 괴따긴 괴따요. 근데 토대는 어떤 인물이게?"

"토대 말입니까?"

전영일은 잠시 침묵했다. 쉬이 끝날 통화 같지 않았다. 전영일은 한 손으로 테이블 앞의 의자를 끌어다 라디에이터에 붙여놓고 앉았다. 송수화기를 어깨와 턱 사이에 끼워 귀에 대고 두 손은 등 뒤로 돌려 라디에이터에 가져다 댔다. 한껏 늘어난 송수화기의 꼬인선이 긴장하게 치렁거렸다. 시답잖게 시작했던 전화가 다름 아닌 설용수의 토대까지 파고들기 시작하자 전영일은 어지간히 마음이 팽팽해지기 시작했다. 설용수와 전영일이 보통 사이가 아니라는 것은 온 공장지구가 다 아는 사실이었다. 설용수와 전영일의 아버지가 왜정 때 처서판에서 맺은 의형제 간이었고 몇해 전 전영일의 아버지가 먼저 세상을 뜰 때까지 서로가 그 의형제의 친분을 고스란히 지켜온 돈독

한 사이였다는 것까지도 모르는 사람이 거의 없었다. 아닌 게 아니라 지금 군관생활을 하고 있는 설용수의 아들도 전영일이도 두 사람을 서로 큰아버지 작은아버지로 부르며 잔뼈가 굵었고 오늘까지도 역시 그렇게 섬겨오고 있는 터였다. 그러니 지금 토대를 묻는 최광의 질문 앞에서 새삼스레 원심을 쓰게*되는 전영일의 마음은 결코 무리가 아니었다.

전영일은 잠시 놓아두었던 송화기에다 후후 입김을 불어댔다. 상대자가 설용수의 문건이라도 들춰보는 모양이라고 생각했던지 용케 참고 있던 최광이 기침 응대를 해왔다.

"여보소… 토대는 조금도 나무랄 데가 없는 사람입니다." 전영일은 한마디로 자르듯이 말했다.

"이보, 그렇게 동따루 말해서야 요해가 되는가, 좀 구테덕으루 말해야디."

"예, 구체적으로 말하면 해방 후 첫 공산당원이었구 마차 영웅이라 이름 떨친 전쟁 노병입니다. 그리구 전후부터 오늘까지 쭉 마차와 함께 사회주의 건설에만 헌신해온 노력혁신자구요. 나두 오늘 기업소 구락부에서 있은 훈장 수여식에 참가했다가 금방 사무실에 들어선 길인데 이번에도 국기훈장 이급을 받은 설용수입니다. 아마 열세 번째 훈장일 겁니다."

---

* 원심을 쓰다. 마음속으로 안타깝게 애쓰며 조바심을 내다.

"근데 왜 그 모양이래? 그런 사람이."

"뭘 어쨌게 말입니까?" 전영일은 벌써부터 던지고 싶었던 질문을 놓치지 않았다.

"그 넝감태기네 집 울 안에 느티나무가 있다디?"

"예예, 아주 큰!"

"바로 그 느티나무 넢으루 우리 군 경비 전화선이 지나갔다 면서?"

"네네, 그래서요?"

"그래서 어드게 우리 선로공 애들이 말이디, 그곳 선로 덤검을 나갔다가 말이디, 선로에 방해가 되길래 그 나무 줄기 하나를 짜르려 했다는 게야."

"그래서요?"

"그랬더니 당시에 그 이댜마댜가 어떻게 나왔는가. 텀부터 탕탕 시비를 티다가 낭중엔 말이디. 도타, 나무를 손톱만티라두 다테만 봐라. 네놈들을 몽땅 도끼산당을 놓구 말 테다. 하, 이러면 도끼까지 휘둘러댔다는 게 아이구 뭔가 말야."

"도끼까지요?"

"응, 그래 우리 애들이 그냥 들어오고 말았다딜 않아. 시라소니 같은 자식들이 넝감태기를 당장 꽁쳐가지구 들어오지 못했다고 애꿎은 우리 애들만 후딱사릴 멕이긴 했지만 말이지 응? 내 그 넝감탱이 이데 그냥 둘 줄 아는가?"

탕 하고 책상 치는 소리가 들려왔다. 전영일은 그 소리에 다부지기가 단지팽이* 같이 생긴 최광의 체모가 방불히 떠올라 긴장한 중이어도 웃음을 금할 수가 없었다. 한편 담벽도 문이라고 차고 나가는 그 땅고집쟁이가 하찮은 문제를 가지고 큰일을 일으킬 수도 있으니 그를 우선 설득시켜놓고 보아야겠다는 생각이 머리를 들었다.

"허허… 과장 동지! 그러시단 과장 동지의 그 풍채 있는 배가 쭈그렁박이 되고 말겠습니다. 괜히."

"무시기라?"

"무턱대고 그리 신경을 쓰시면 과장 동지의 건강에 해롭다 그 말입니다. 그 느티나무엔 그럴 만한 사연이 있으니까요."

"사연은 무슨 개똥 같은 사연?"

"그 나무는 말입니다. 설용수 노인이 사십팔년도에 입당 기념으로 심은 나무인데 말입니다."

"거서 문데거리가 꽤 큰 나문데? 무서운데?" 최광이 씨까스르든** 말든 전영일은 송화기에서 입을 떼지 않았다.

"물론이죠. 문젯거리가 큰 나무다마다요." 전영일은 이어 꼭 같은 날에 꼭 같은 사연으로 심은 그런 느티나무가 아버지에

---

* 단지 모양으로 만든 팽이.
** 쏠까스르다. 남을 추기었다 낮추었다 하여 비위를 거스르다.

게 물려받은 자기 집 뜨락에도 서 있다는 말이 문득 튀어나오는 것을 꾹 눌러 삼켜버렸다. 해방 전 처서판에서 통나무를 끌어내리는 마소와 함께 뒹굴며 살아왔던 두 의형제는 입당도 한날한시에 같이 했고 황금의 꿈이 담긴 기념식수도 같이 했던 것이다.

전영일이 아직 까까머리 때에 있은 일이었다. 그것이 아마도 어느 해 5·1절을 며칠 앞둔 날이었던지…… 전영일은 새 운동복을 사주지 않는다고 지나친 투정을 부리다가 아버지한테 끝내 뒤통수를 한 대 쥐어박히고야 말았다. 그것이 서러워 엉엉 울며 전영일은 곧장 큰아버지를 찾아갔다. 맨발로 진흙을 이겨가며 겨울 난 마구간 벽을 바르고 있던 설용수가 전영일을 맞아주었다. 전영일은 눈물 콧물을 훌쩍이며 설분을 토설했다.

"오, 그러니 그 털보가 우리 영일일 때렸단 말이지? 어디, 두고 보자 이제!" 설용수는 이렇게 전영일의 편역을 들어주며 들고 있던 미장칼을 놓고 그를 끌어당겨 무릎 위에 올려 앉혔다.

"영일아! 너희 집두 저것과 꼭 같은 나무가 있지?"

설용수가 마구간 옆 울바자* 밑에 금방 뿌리를 내리기 시작한 느티나무를 가리켰다. 아직 설움이 가셔지지 않은 영일은 대답 대신 고개만을 끄덕였다.

---

* 울타리를 만드는 데 쓰는 갈대, 수수깡, 싸리 따위로 발처럼 엮거나 결어서 만든 물건.

"그래, 저게 무슨 나문지 아느냐 너?"

"느티나무지 뭐야." 영일은 큰아버지가 자기 역성을 더 들어 주는 대신 뚱딴지 같은 말을 꺼내는 데에 입이 뿌루퉁해져서 대꾸했다.

"그래 그래, 느티나무구 말고. 하지만 저건 그저 느티나무가 아니라 보물느티나무란다."

"보물느티나무?"

"그럼! 이제 저 나무가 저기 저 장공장 시멘트 굴뚝만큼 높 아질 때면 말이다. 저 나무에 사탕이랑 과자랑 별거별거 다 열 린단다."

"피, 꽝포.*"

"정말이다 정말. 큰아버지가 꽝포 쏘디 원!"

"그럼 운동복두 달리나?"

"운동복뿐이겠냐, 입쌀에 고기에 비단옷에 기와집두 달리 지!"

"야! 좋다!" 영일은 짜락짜락 손뼉을 쳤다.

"하지만 영일아! 그날을 위해선 우리가 모든 걸 참으며 일을 더 많이 해야 한단다. 큰아버진 이렇게 새 민주조선 건설을 위 해 마차를 더 잘 몰구 우리 영일인 가, 갸, 거, 겨 공부를 더 잘

---

* 꽝 소리만 요란한 대포라는 뜻으로, '거짓말'을 이르는 말.

하구."

"그러믄 정말 그날이 오나?"

"꼭 오구 말구."

"그럼 약속!"

영일은 설용수에 새끼손가락을 쏙 내밀었다.

"약-속-하-다!"

전영일은 지금도 그때 설용수가 자기의 꽉지날* 같은 새끼손
가락을 마주 걸어 흔들며 신심과 열정에 넘쳐 외쳐대듯 하던
소리를 귓전에 쟁쟁히 기억하고 있다. 물론 그날 설용수가 전
영일에게 들려준 이야기는 그 자신의 머리로만 생각해낸 것이
아니었다. 그것은 무명 잠바 차림의 두 의형제가 입당차로 군
당에 갔던 날 평양서 내려왔다는 공산당 파견원이라는 사람이
들려준 것이었다. 거기에다 설용수가 자신의 소박한 꿈을 보태
어 만든 것이 보물느티나무 이야기였던 것이다. 그러나 거기에
는 다가올 미래에 대한 설용수의 철석 같은 믿음과 크나큰 기
대가 그대로 반영되어 있었다. 그야말로 그대로가 설용수의 온
생애라고도 말할 수 있는 그 느티나무의 뿌리 깊은 사연!

전영일은 어떻게 하나 최광에게 그 사연을 충분히 알려주어
야만 했다. 그러자면 언제인가 〈조선문학〉 잡지에 났던 한 기

---

* 팽이의 날.

사 내용을 전달해주는 수밖에 없었다. 아직 젊은 나이 때 줄줄이 외우다시피 했던 그 기사 내용은 지금도 머릿속에 환하게 남아 있었다. 다만 그 기사 내용에서 자기 아버지의 이름만은 일체 내비치지 말아야 한다고 단정하며 전영일은 다시 송화기를 입에 가져다 댔다.

"과장 동지! 어떤 문젯거리의 나무인가 하면 말입니다."

"그래, 한번 들어봐? 어떤 굉당한 나문지…."

"글쎄 들어보십시오. 한번은 「준마의 래일」이라는 제목으로 〈조선문학〉 잡지에 난 기사에 어떻게 씌어져 있었는가 하면 말입니다.

  …설용수에게 있어서 그 느티나무는 그의 희망의 표대였고 투쟁의 기치였으며 황홀한 미래이기도 했다. 탄약 마차를 몰고 불붙는 나무다리를 맞받아 돌진하던 전화戰火의 그날에도, 해주―하성 간 철길 공사장의 풀막에서 이와 모기에게 뜯기던 전후의 그 어렵던 나날에도, 그 나무는 앞으로 풍성한 황금열매가 주렁질 자기의 가지를 깃발처럼 설용수의 눈앞에 휘날려주며 그를 언제나 영웅적 투쟁에로 고무추동*해주었다.

  설용수와 그 느티나무와의 깊은 유대는 그가 오늘까지 자기 마차에 세 번째로 갈아메우게 된 말들에게까지도 매번 '준마'

---

* 고무하고 떠밀어주는 것.

라는 이름을 달아 불러왔다는 데서도 잘 표현되고 있다. '이랴 마랴 느쇠야!…' 이것은 누구나 이밥에 고깃국을 먹으며 비단 옷 입고 기와집에서 살게 될 공산주의 미래를 그리는 그의 한 생의 노래였고 인생의 전부였다….'

"됐당이, 됐어. 그따우 유식한 말은 내 식성엔 맞디 않아."

최광의 짜증난 목소리가 전영일의 말을 중단시켰다.

전영일이 여전히 턱과 어깨로 붙들고 있는 송화기에서는 물방울로 맺혀진 입김이 꼬마 냇물을 이루고 있었다.

"다우간 그런 넝감이라 할수록 말이지. 우리 일을 더 잘 도와야 할 게 애인가. 세계 반동들이 우리 사회주의를 비방중상하고 있는 이때 말이 응? 그럴 수 있는가! 누구를 위한 도끼산당이라는 건가?… 엄둥하단 말이야. 엄둥해. 그 영감의 과거가 아무리 새빨갛다 해두 난 그의 이번 난동을 덜대 스쳐보낼 수 없다구, 없어!… 다우간 알았당이."

퉁명스레 송수화기 놓는 소리가 절컥 하고 들려왔다. 그러나 전영일은 통화하던 자세 그대로 한참이나 더 앉아 있었다. 이번 일을 스쳐보낼 수 없는 것은 결코 최광이가 아니라 전영일이 자기 자신이어야 한다는 생각이 새록새록 가슴속에 맺혀와서였다. 돌아가신 아버지를 생각해서라도 설용수의 한생을 바쳐 쌓은 공든 탑이 무너지지 않게 해야 했다. 또한 이번 일로 해서 만약 설용수의 이력에 어떤 흑점이라도 찍히게 된다

면 그것은 종당 크게든 작게든 전영일의 이력에도 검은 흔적
을 남겨주게 될 것이었다!

*

아내가 내주는 '뻬주'* 한 병을 외투주머니에 찔러넣으며 전
영일은 집을 나섰다. 설용수의 집과는 지척간이어서 서로가 무
시로 오가는 사이이긴 했지만 오늘만은 좀 불편한 말을 나누
어야 하리라는 데서 빈손으로 나설 수가 없었던 것이다. 추위
는 땅거미가 지면서부터 더 승벽을 부렸다. 땡땡 강물의 얼음
이 쩍 갈라지는 소리에 기가 질린 듯 창백한 갈고랑 달이 동북
산 마루의 어설픈 수림 속에 숨어 있었다. 방한모 날개를 내리
우다 못해 외투깃까지 올렸는데도 땡-하니 이마가 저려들고
코 안에 띠끔띠끔 얼음살이 배겨들었다. 그런 중에도 전영일의
머리는 번거롭기만 했다. 설용수가 어떻게 되어 다른 사람들도
아닌 군안전부 성원들에게 그런 과격한 언동을 부리게 된 것인
지 통 이해가 가지 않는다. 덩치 큰 사람들이 흔히 다 그러하듯
이 설용수도 어질고 고지식하기가 그지없는 사람이다. 3대째
갈아맨 자기의 그 어느 '준마'에게조차도 진짜 아픈 채찍은 안

---

* 고량주

겨보지 못한 그였다. 그런 그가 정말 그 무슨 도끼산장을 운운했다면 그것은 필여곡절한 일일 것이었다.

전영일은 어서 그것을 알아보고 최광이 쳐든 갈구리를 해체시켜야겠다는 조급한 생각을 굴리며 설용수네 집 뜨락에 들어섰다. 앞뜰 울타리로부터 지붕 전체를 뒤덮다시피 하고 선 문젯거리의 그 느티나무가 추위 속에 괴로운 휘파람 소리를 내며 컴컴한 어둠 속에 웅크리고 서 있었다. 저편 마구간 쪽에서 인기척을 느낀 '준마'가 푸르륵 푸르륵 코를 불어댔다. 전영일은 제집 문을 열듯 손기척도 없이 부엌 문고리를 잡아당겼다. 어려서부터 자기의 손때가 문을 대로 묻은 문고리였다.

"군이 애빈가."

두 손을 허벅다리 사이에 찔러넣고 아랫목에 말뚝처럼 앉았던 설용수가 고개만을 돌려 전영일을 바라보며 먼저 아는 체를 했다.

"큰어머닌 어디 가셨는가요?" 전영일이 인사를 대신하듯 물었다.

"장마당엘 갔네. 어제 낮 통근차로 식량이 떨어져간다며 강냉이 좀 날라올 게 있다구 갔는데 오늘두 아니오누만 그래."

"그래서 집이 이렇게 썰렁했군요. 빈집처럼."

"이걸 깔구 앉게." 자기가 깔고 앉았던 낡은 담요 한귀퉁이를 끌어당겨 펴놓으며 설용수가 잇는 말이다.

"방바닥이라는 게 빙판이네."

방바닥뿐이 아니었다. 헌 이불장 하나와 체통이 큰 구식 텔레비전 한 대가 덩그러니 기대져 있는 뒷담벽에는 성에까지 하얗게 내붙어 있었다.

전영일은 방한모만을 벗어놓으며 외투는 입은 채로 설용수가 권하는 자리에 앉았다. 그는 그때에야 눈부신 훈장들이 가득 달린 상의가 쭈그리고 앉은 설용수의 바로 무릎 앞에 반듯이 펴놓여져 있는 것을 알아보았다. 아마 오늘 타온 훈장을 제자리를 골라 달아놓고 그 무슨 회억에라도 잠겨 있었던 모양이었다. 하나 그것이 결코 흥락한 감정의 회억이었던 것 같지는 않았다. 냉장고 같은 방 안 형편과 설용수의 컴컴한 얼굴 표정이 그렇게 암시해주고 있었다. 아무튼 분위기가 이럴수록 전영일은 설용수에게 조심히 접근해야 했다. 평시에는 순한 양이다가도 백에 한 번 무슨 일로 욱하게 되는 날엔 성난 사자가 되는 설용수였다.

전영일은 찾아온 용건의 첫마디를 어디서 어떻게 떼야 할지 막막함을 느끼며 외투주머니에 넣은 채로 앉았던 빼주 병을 우무적우무적 뽑아들었다.

"날두 차구 해서 빼주 한 병 들고 왔습니다. 큰아버지 몸 좀 덥히지 않겠나요?"

"거 마침이군그래. 컬컬하던 차네." 설용수는 사양하지 않왔다.

전영일이 일어나 부엌으로 나가려 했다.

"앉게. 여기 다 있네. 부엌에 나갔댔자!…"

그러며 설용수가 앉은 자리에서 손을 뻗어 뒷담벽 쪽으로 물려두었던 개다리소반을 끌어다놓았다.

수저가 담긴 빈 죽그릇과 먹다 남은 막김치 사발 외에 물종지 하나와 제껴놓은 사발 뚜껑이 댕그라니 놓여 있는 소반이었다.

"뭐라나. 아무 데나 붓게나."

설용수가 어쩔 줄 몰라 쭈뻣거리는 전영일에게 안심시키듯 말했다.

전영일은 물종지와 사발 뚜껑에다 각기 술을 따라놓았다.

"자, 드세나."

사발 뚜껑에 입을 대자 전영일은 대번에 숨이 꾹 막혀왔다. 그런데도 설용수는 단숨에 쭉 맥주잔 비우듯 하는 것이었다. 그래야만 풀릴 수 있는 그 무슨 응어리가 오늘따라 그의 가슴 속에 맺혀 있는 것만 같았다. 설용수는 그렇게 거푸 두 종지를 비우고 나자 써레기담배*를 말기 시작했다. 한데 눈은 눈대로 훈장들에 가 있고 손은 손대로 움직이다보니 담배 마는 일이

---

* 살담배. 칼 따위로 썬 담배.

96

쉽사리 끝나질 않았다. 전영일이도 어째서인지 설용수의 훈장들에서 눈길이 떨어지지 않았다. 하나같이 눈에 익고 귀에 익은 그 훈장들이었다. 홍안의 학생시절부터 동무들에게 우리 아버지, 우리 큰아버지의 위훈담과 훈장 이야기를 그 얼마나 침이 마르도록 해온 전영일이었던가!

불에 타서 내려앉은 나무다리 위로 마지막 탄약 마차를 날려 건네우고 받았다는 맨 윗줄의 전사의 영예 훈장이며 그 아래 해주-하성 간 철길 공사장에서 받았다는 국기훈장 제1급, 또 그 아래의 2·8비날론 공장 건설장과 서두수 발전소 건설장에서 탔다는 노력훈장과 공로메달들… 그렇게 꼽아 내려가노라면 설용수의 쉰여섯 나이에서 사십여 년이라는 인생을 뭉청 떼다가 전쟁판과 공사장에다 옮겨놓고 마는 그 훈장들이며 메달들이었다. 바로 그 불비 속과 흙먼지들 속에서 설용수의 마차는 '번호 없는 자동차' '상하차공을 모르는 혁신마차' '공산주의 준마' 등등으로 명성을 떨치었다. 아닌 게 아니라 설용수의 억센 육체는 상하차공을 필요로 하지 않았다. 그래도 그의 마차는 무슨 일에서나 항상 남 먼저 짐을 싣고 남 먼저 짐을 부리었다. 그렇게 설용수의 얼굴에서는 사시절 어느 때나 땀발이 번들거렸고 열흘이 멀거라 하니 운동화 뒤축이 닳아빠지군 했다. 그야말로 일신량역一身兩役의 땀에 절고 비바람에 절은 설용수의 그 훈장들이었다. 게다가 이제는 마지막일지도 모르는 또 하나의 훈장을 보태놓은 오늘이니 설용수의 가슴에 어찌 회억의 물결이 일지 않을 수 있었으랴!

후— 하고 설용수가 담배연기를 내뿜는 소리에 전영일은 비로소 시선을 훈장들에서 떼돌렸다.

"생각이 많으신 모양이죠, 큰아버지?… 열세 번째 훈장을 타다놓고 보니 말입니다."

"그렇네… 난 자네가 오기 전부터 이 훈장들의 진짜 주인에 대해서 생각해보던 중이지… 진짜 주인에 대해서!"

"진짜 주인이라뇨? 그야 모두 나라에 헌신해온 덕으로 큰아버님이 타낸 건데요. 무슨 소릴…"

설용수는 다음 말을 꺼낼까 말까 망설이는 눈치이더니 잠시 후 끝내 말을 잇대었다. "이 훈장들의 진짜 주인은… 저기 밖에 서 있네."

"밖이라뇨 원?!"

"왜 그리 놀라나. 그래 바깥의 저 느티나무가 피두 땀두 애낌이 없이 내가 한뉘를 달려오게 해주질 않았더란 말인가! 언젠가 내 어린 자네한테 들려주었던 그 눈부신 열매들을 내흔들어 보이며 말이네. 그래서 내가 이 번쩍거리는 것들을 타게 해주었은즉 결국은…"

"아니 어쩌면 큰아버님도 저의 아버지가 하셨던 말과 같은 말씀을 하십니까! 아버지도 돌아가시기 전날 저녁에 창밖의 느티나무를 내다보시며 그러한 말씀을 하셨댔습니다. 그런데 재삼 듣구 보니 정말….”

“그래! 그 동생두 정말 한뉘 땀만 흘리다 갔지! 열 번째 훈장 으루 끝마쳤지 아마?”

“예. 열 번째가… 마지막이었습니다.”

“열 번째라!… 허… 역시 다 저 느티나무 덕이었지!”

“그러니 큰아버님은 오늘 저녁 줄곧 그 느티나무 생각뿐이 었다─ 그 말씀이시군요.”

전영일은 기회를 놓치지 않고 대화의 포위환*을 느티나무에 로 더 바싹 접근시키려 했다.

“왜 안 그랬겠나. 첫 당증을 받던 날부터 오늘까지두 저 느 티나무가 내 맘속의 기둥이었는데!… 그리구 바로 저 나무 때 문에 자네두 지금 이렇게 날 찾아온 것이 아닌가.”

“아, 아니?!”

전영일은 설용수의 뜻밖의 불시공격 앞에서 어쩔 바를 몰라 했다. 지금껏 그저 순박한 사람으로만 알고 있던 설용수의 그 어디에 이처럼 웅심 있는 다른 설용수가 숨어 있었더란 말인 가! 그러나 어쨌든 기회가 닿지 않아 전영일이 입안에 물고만 있던 화젯거리를 설용수 측에서 먼저 꺼냈다는 것은 다행스러

---

* 둥근 고리 모양의 포위선.

운 일이었다.

"그만큼 에돌았으면 이젠 됐네. 자네가 그래 저 느티나무 문제 때문에 날 찾아온 것이 아니란 말이나?"

설용수가 전영일에게서 마지막 면막을 벗겨내듯 했다.

"맞습니다. 큰아버지!"

전영일은 이해해주어 고맙다는 투로 웃음을 지어 보이며 수긍했다.

"글쎄 그럴 테지. 그 사람들이 가만있을 수가 있나."

"한데 어떻게 된 일입니까?" 전영일은 이젠 마음놓고 용건을 드러낼 수가 있었다.

"도끼산장이요 뭐요 하는 말씀을 하셨다는 게 사실인가요?"

"사실이지… 그리구 사실이 아닐 수두 있구. 왠구 허니 그 말벼락은 애매한 두꺼비들이 맞은 셈이었으니 말일세."

"전 무슨 말씀인지 통… 큰아버님, 기왕 제기된 문제이니 좀 자세히…."

"뭐 그닥지 두려워할 건 없네만… 사실은 그 일이 있기 직전인 어제 점심때 말일세. 나와 자네 큰애미 사이에 좀 티격태격한 일이 있었지."

설용수가 잠시 말을 끊고 이야기뜸을 들이는 동안 전영일은 조심조심 담배를 말기 시작했다. 요새는 안전부 공급도 여의치가 않아 전영일이도 마라초*를 피우는 중이었다.

"왜 티격태격이었는구 하니,"

설용수가 이야기를 이어나갔다.

"글쎄 끌고 들어온 마차를 밖에 그냥 세워논 채로 내가 급히 점심밥을 먹구 나니 말이네. 마누라가 댁꾹댁꾹 상을 거두더니만 누비 동복을 입는다, 허리띠를 졸라맨다 부산을 떠는 게 아니겠나. 응, 무슨 급한 볼일이 있는갑다 하구 난 담배 한 대를 말아 무는데 글쎄 마누라가 한다는 소리가 뭐였겠나, 겨울해는 중대가리에 원두콩 굴듯 한다는데 담배는 가면서 피우자요? 나 참!…"

이야기를 들으며 전영일이 내뿜는 담배연기가 실타래처럼 꼬여 오르며 두 사람 사이의 공간을 차츰 이어놓고 있었다….

"엉? 가다니, 어딜?"

설용수는 어정쩡해진 얼굴로 마누라를 건너다보았다. 그러자 마누라의 쌍꺼풀진 왕눈살이 대번에 꼿꼿해졌다.

"그럼 오늘두 또 못 간다는 말이우?"

설용수는 그제야 아차하는 것과 함께 전날에 있었던 일이 생각났다.

---

* 궐련

"…이젠 내가 가지를 찍어 오구 거죽을 깎아 오고 나니 무거운 원 둥지만 남아서 그러우다. 멀지두 않은 절당골에 있는 강대이니 마차루다 좀 실어올 수 없겠수?"

전날 마누라는 이런 청을 내대며 그간 혼자 묵새겨오던 땔거리 근심을 털어놓았던 것이다. 설용수가 퇴근해 올 때마다 마차 밑굽에 붙여다 달랑 부려놓군 하는 젖은 톱밥만으로는(실은 그것도 겨우 차례지는 것이었지만) 구들장을 덥히기는커녕 통강냉이를 삶아내야 하는 식사조차도 제때에 끓여내기 힘들다는 것이었다. 그것은 사실이었다. 요사이 공장에서는 그런 원인으로 조반이 늦어져 지각하는 사람들이 푸슬히 늘어가고 있었다. 이마갓에 흰서리는 불렸어도 아직 드센 살림꾼인 마누라가 아니었던들 설용수도 그 지각생 신세를 면치 못했을 것이었다.

설용수는 마누라가 마을과 공장 주변의 도랑이란 도랑은 다 뒤져가며 이러저러한 것들을 주워다 때다 못해 요새는 절당골로까지 헤매 돌아친다는 것을 너무도 잘 알고 있었다. 정말이지 공장 사정이 아니었다면 안살림 바깥살림 다 맡아 안고 씨름하는 마누라가 청들기를 기다렸을 텐가! 하지만 어쩔 수가 없었다. 요즈음은 공장 보일러에 설용수뿐이 아닌 모든 사람들의 손발이 꽁꽁 얽매여 있었다. 석탄 때던 데다 톱밥을 먹이다

보니 헛챙이* 콩가루 퍼넣듯 하는 판이어서 공장 안의 수송기재는 물론 손수레며 사람의 등짐까지 동원하여도 그냥 냠냠하는 보일러였다. 오죽 바빴으면 아침저녁 출퇴근길에만 나타나던 공장 방송차가 이즈음엔 때없이 노동자들의 꽁무니를 쫓아다니겠는가! 보일러를 세우게 되는 날엔 숱한 증기배관의 동파를 면할 수 없게 된다고 숨넘어가는 소리를 외쳐대며….

"마누라! 나두 어녕** 생각이 있었소만 저 방송차 소리가 발목을 놓아주지 않아서 그래. 마누라두 알지 않우? 요새 공장 사정을. 그러니 이제 기회를 보자구."

그날 설용수의 이런 진심 어린 딱한 소리에 마누라는 더 이상 청을 들이대지 못했었다. 방송차는 다음날도 점심시간조차 가리지 못하며 그냥 보일러 넋두리를 불러댔다. 설용수는 그래서 마차에 '느티'를 매놓은 채로 급히 점심을 치렀던 것이었다. 한데 마누라는 그것을 보고 영감이 점심시간을 타서 절당골에 갔다 오려는 거라고 제잡담*** 제 궁리만 한 모양이었다.

"마누라! 오늘두 죽는 소리를 치는 저 방송차 소리를 들으면서두 그러우?" 설용수는 다 탄 담배를 한 모금 더 빨고 나서 급히 재떨이에 비벼 끄며 지금껏 꿋꿋해진 눈으로 대답을 기다

---

* 언청이
** '진작'의 함경남도 방언.
*** 일절 말을 하지 않음.

리고 있는 마누라에게 미안쩍은 시선을 보내었다.

"그리구 내사 이제 기회를 보자 했지 언제 오늘 가자 했댔나 원."

"꼭 남의 일 말하는 듯하웨다. 예?" 마누라가 끝내 목멘 소리를 냈다.

"마누라! 글쎄 생각 좀 해보라니. 공장 보일러가 얼어터진다 안달하는 이때 다른 마차도 아닌 설용수의 느티마차가 무슨 얼굴루 제집 나무하러 간다는 건가 말야."

"아이구 맙소사. 또 그 느티 타령이우? 느티나무, 느티마차… 그래 영감이 한평생 혀가 닳도록 외워온 그 느티나무 열매는 다 어디 보내구 아직두 느티 타령이우 예? 이밥에 고깃국에…."

"또또… 이자 그 왈가댁이가 터지기 시작한다. 글쎄 내일엔 공장에서 훈장 수여식두 있다는데 사람들 앞에서 체면두 지켜야 할 게 아니야?"

"에그나! 비단옷에 기와집은커녕 입걱정 아궁이 걱정 하나 덜어주지 못하는 훈장 타는 데두 체면이 있어야 하우?"

"아니, 이게?"

"흥, 그런 쇠붙인 저 느티의 이마빡에두 주렁합데다. 주렁해유."

"뭐야? 이 쌍!"

104

벽력 같은 소리를 지르는 설용수의 손에서 재떨이가 윙 하니 날아갔다. 그것은 마누라의 얼굴을 스치고 나가 부엌 담벽을 들이치며 산산조각으로 흩어졌다.

"그때 내가 왜 다짜고짜 마누라한테 그런 행패를 가하게 됐던지는 알 수 없네만 자칫하면 난 마누라 죽이구 살인을 칠 뻔했지⋯ 군안전부의 떡메전사들이 우리집에 나타난 것은 바루 그때였네."

설용수는 되살아오는 그때의 울기를 누르기라도 하려는지 잠시 말을 끊었다가 계속했다.

"재떨이 바람에 금방 뛰쳐나간 마누라가 밖에서 누구와 아웅거리는 소리에 내가 나갔더니 이건 엎친 데 덮친다구 해야 할지 붙은 불에 키질이랄지 염통이 터질 지경이었네. 글쎄 그 애숭이들이 마누라를 밀어대며 느티나무 한 줄기에다 금방 톱날을 멕이려는 중이 아니었겠나. 병신 자식일수록 남의 괄세가 곱절로 분해진다더니 난 저두 모르게 마구간 벽에 기대져 있는 도끼를 집어들었네. 그러며 소리소리 질렀지. '톱만 대봐라. 몽땅 도끼산장을 놓구 말 테다. 네놈들이구 나무구 몽땅!' 그러는 내 몰골이 어찌나 험악했던지 떡메전사들이 모두 피해 달아났기 망정이지 그렇지 않았다간 무슨 불상사가 났을지 모를 일이네."

설용수는 입을 다물었다. 그러고는 가슴속에다 물이라도 끼얹듯이 종지 밑굽에 붙어 있던 나머지 술을 마저 홀짝 들이켜버리는 것이었다.

전영일은 자기 손가락 사이에서 지금까지 연 세 번째로 타고 있는 담배 연기에 눈귀를 쪼그린 채 설용수의 그런 거동을 유심히 살피고 있었다. 물론 설용수는 사건의 전말을 구체적으로 다 이야기했다. 하나 전영일은 직업적 특성에서였던지 설용수가 외견상으로는 말을 다 끝냈으나 끝낸 그 말 속엔 무엇인가 숨겨둔 말이 더 많다는 촉감이 점점 강해짐을 느끼었다. 하기는 그런 느낌을 비로소 지금에서 가지게 되는 것은 아니었다. 전영일은 오늘 설용수와 상면하던 첫 순간부터 벌써 그가 자기와 어떤 심리적 숨바꼭질을 하고 있다는 것을 감촉했다. 다만 많은 사람들이 기업소 주재원인 자기와 언행에서 숨바꼭질을 하는 데에 습관되어온 그였고 더구나 상대자가 설용수라는 데서 그 숨바꼭질을 대수로이 여기지 않았을 뿐이었던 것이다.

그러나 지금은 달랐다. 최광의 갈구리로부터 설용수를 빼내자면 그를 보다 세부적으로 아는 것이 필요했다. 무엇보다도 설용수의 그 말 속에 숨어 있는 말들을 똑똑히 짚어보는 것이 중요했다. 먼저 설용수 자기가 어떻게 되어 다짜고짜로 마누라에게 재떨이를 날리게 되었는지 알 수 없다고 한 그 말이다. 왜 몰랐겠는가. 그는 적어도 이렇게 털어놓았어야 했을 것이 아닌

가. 자기의 훈장들을 '느티'의 이마에 치레거리로 단 쇠붙이와 동일시함으로써 자기의 한생을 순간에 꼬리 없는 말로 만들어 버린 마누라의 소행에 분노를 참을 수가 없어서였다고.

다음은 설용수가 "…병신 자식일수록 남의 괄세가 곱절로 분해진다더니…"라고 한 말과 "…네놈들이구 나무구 몽땅!"이라고 했다는 그 말이었다. 병신 자식이란 도대체 무엇을 비켜 두고 한 말인가. 왜 "네놈들이구 나무구 몽땅"이었겠는가. 설용수는 역시 이렇게 고백했어야 할 것이 아닌가. 이밥이며 기와집이며 주렁진다는 열매들을 바라고 한뉘를 허위단심 달려온 자기에게 그 열매들 대신 차디찬 쇠붙이만을 이마빡에 달아준 병신 같은 저놈의 느티나무를 선로공들에 앞서 자기가 먼저 요절을 내고 싶었노라고….

참으로 놀라운 일이었다. 전영일은 도끼산장이라는 한마디 말로 표현된 그 단순한 잎새 밑에 한 인간의 이처럼 엄청난 정신적 격동의 뿌리가 뒤엉켜 있으리라고는 상상도 못 하였었다. 하나 이 시각 그보다 더 놀라운 것은 전영일 자기 자신이었다. 설용수의 내면세계를 속속들이 꿰뚫어보게 된 지금 어깨에 별을 단 안전원으로서 어찌하여 그에 대한 반감이나 질책 같은 감정이 조금도 일지 않는 것인가! 친분 관계 때문인가? 그것 때문인 것만 같지 않았다. 따져보면 설용수가 살아오며 부닥치고 느끼게 된 오늘의 그 모든 것이 사실이고 진실일진대 그에 대해 무엇을 질시하고 무엇을 책망한단 말인가!

전영일은 생각이 여기까지 미치자 오히려 어디선가 뭉클 솟구쳐 오르는 설용수에 대한 때없는 동정심에 가슴 한구석이 뻐근해옴을 금할 수가 없었다. 설용수!… 정녕 얼마나 가긍한 인생인가!

전영일의 새끼손가락에 제 손가락을 걸며 "약-속-하-다!" 외쳐댔던 그 신념, 그 기대가 한갓 신기루에 불과한 것이었음을 깨닫게 되었을 때, 그 실망과 회오의 괴로움을 이 세상 무엇에 비길 수 있었으랴! 하여 누구를 탓할 수도 원망할 수도 없는 뼈저린 상실의 아픔을 안고 벙어리 냉가슴 앓듯 혼자 부대껴야 했을 설용수가 아닌가! 그리고 보면 결국 도끼산장이라는 말은 안전부 선로공들이나 느티나무에 가해진 폭언인 것이 아니라 자가당착에 빠진 설용수라는 인간의 자기규탄의 부르짖음이었던 것이다.

'최광이! 당신도 한평생을 기만당한 착하고 어진 설용수라는 인간의 아픔을 꼭 알아야 하며 불원간에 그날은 꼭 오고야 말 것이오….'

전영일은 한창 타고 있는 담배를 재떨이에 비벼 껐다. 그의 거동을 눈치챈 모양 설용수도 그렇게 담뱃불을 죽였다.

추웠다. 바깥날이 소한 차비를 하는지 방 안이 못 견디게 얼어들어왔다. 담요를 깔고 앉았는데도 옴지락거리지 않고는 못

배기게 엉치가 시려들며 입김마저 서려오르기 시작했다. 전영
일은 일어섰다.

"왜 가려나?"

"큰아버님, 잘 알았으니 일처리는 제가 여하히 하겠습니다."

"아무려나⋯."

"그런데 이 추운 방에서 오늘 밤을 어떻게 지내시겠어요?"

"글쎄 말이네. 방이라는 게 코끝이 다 시려드네 그려." 주먹
으로 코밑의 물기를 찍어내며 이렇게 대답하는 설용수의 모습
은 갑자기 십 년은 더 늙어진 것 같았다. 무엇에 다 파먹힌 마
른 거미 하나가 창문에서 거미줄에 내드리운 채 웃풍에 흔들
거리고 있었다.

"큰아버님! 마초라도 한 단 들여다 덧불을 때고 쉬십시오."

"그래야 할까부네."

그러나 전영일은 이것이 자기가 마지막으로 들은 설용수의
목소리로 될 줄은 꿈에도 몰랐다.

*

이튿날 아침 전영일은 설용수가 잘못되었다는 전화를 받고
즉시 그의 집으로 달려갔다. 그런데 어젯밤 빈방에서 홀로 눈
을 감았을 설용수의 주검에 앞서 전영일을 놀라게 한 것은 밑

둥이 찍혀 마당 한가운데에 나가너부러져* 있는 느티나무 시신이었다. 어쩌나 쎄게 도끼날을 먹여댔던지 손바닥 같은 도끼밥들이 마구간 지붕 꼭대기에까지 허옇게 휘어 올라가 있었다. 정주간에서 사람들이 웅성거리는 부엌문을 열고 들어서니 필경 어젯밤 설용수가 토막쳐 넣었을 느티나무 토막이 아직 실실거리며 아궁이 앞에서 타고 있었다. 법의는 설용수의 죽음이 심장마비라는 진단을 내리었다.

1993. 12. 29.

* 나가너부러지다. 일정한 거리에 뿌려져 바닥에 맥없이 축 늘어지다.

지

척

만

리

"아니?!…"

문소리에 놀라 화닥닥 일어서던 정숙은 외마디소리를 질렀다. 금방 갈아들던 아들애의 오줌기저귀가 철썩 손에서 떨어져 내렸다. 문틀을 꽉 채우고 선 것은 기다리고 기다리던 남편이 틀림없었으나 너무도 초라해진 모습에 경악을 금할 수 없었던 것이다.

해골이 된 얼굴, 땟국물이 흐르는 옷주제, 한쪽 어깨에 후줄그레 걸쳐진 넝마가 된 빈 배낭… 원래 겁석* 마르고 꺼꺼부정한 체구이기는 했지만 정숙은 지금 삼십대의 남편이 아니라 그 어떤 중늙은이를 마주선 것만 같았다. 불과 이십여 일 사이에 사람이 이렇게도 변모될 수가 있을까? 더구나 수삼 년 만에

---

* 어떤 대상이 몹시 가벼워 보이는 모양을 나타내는 말.

고향집을 찾아갔다 온 사람의 모습이라는 것이 이게 뭐냐 말이다.

"아, 여보, 왜 그래…?"

"영민 아버지!"

정숙은 그제야 남편의 가슴에 칵 매달렸다.

"살아왔군요. 살아왔어요. 어엉…."

"자, 이런… 애 깨나겠소, 애."

"흐흑… 얼마나 기다렸는지 알아요, 얼마나!…" 정숙은 남편의 종가슴을 마구 두들겨댔다.

"기다리긴."

"안 기다리게 됐어요. 여행증두 아무런 길 떠날 준비두 없이, 그것두 횟술에 흠뻑 취한 채 떠나는 열차에 매달려 간 당신을 말예요."

"그때 일은 정말 미안하게 됐소."

"아이참, 내 정신 좀 봐. 어머님 병환은요?"

"어머닌…."

"예?! 그럼…."

"아니, 그런 말이 아니라 어머닌 뵙지도 못하고 왔소."

"무슨 말씀이야요?"

"난 집에 가닿지도 못했댔소."

"뭐라구요? 그럼 여태 어디?…"

"여보! 나 냉수부터 좀 주우."

남편이 지퍼에서 찢어지는 소리가 나게 셔츠 앞자락을 열어
헤치며 목뼈가 움찔하도록 마른침을 연신 삼켰다. 정숙이 얼른
물을 떠다주자 남편은 벌컥벌컥 단숨에 바닥을 냈다. 그러고는
무너지듯 주저앉으며 아들에게로 시선을 보냈다.

"우리 영민이 그새 컸구만."

극도로 지치고 허기진 사람에게서만 들을 수 있는 그런 앓
는 소리 비슷한 남편의 목소리를 정숙은 이때에야 가늠해 들
었다.

"그럼 영민이랑 같이 계셔요. 내 뭘 좀…."

정숙은 부엌으로 나가 부랴부랴 쌀을 씻어 일다 말고 남편
을 불렀다.

"여보, 찬물로 세수 안 하겠어요?"

대답이 없었다.

"여보…." 정숙은 문을 열어보고 놀랐다. 남편이 그새 잠들
어버렸던 것이다. 입을 헝하니 벌리고 창백한 얼굴로 노그라진
그 모습은 산 사람 같지 않았다. 허리춤에서 기어나온 듯한 하
얀 이 한 마리가 검은 바지 혼솔을 따라 아래로 기어내리고 있
었다. 못 볼 것을 보기라도 한 듯 흠칫 그것을 집어드는 정숙의
두 눈에 다시 눈물이 핑그르 고여올랐다. 큰 체구에 어울리지
않게 그저 어줍고 착하기만 한 사람인 남편에게 어떤 악행이

가해졌기에 이 지경 되어 돌아왔으랴.

　정숙은 그 전후사연을 남편이 몸살로 죽을 듯 앓고 난 사흘
후에야 똑똑히 들을 수가 있었다.

＊

　고향의 어머니는 흰옷을 입으시고 푸른 강 맞은편 언덕에
서 계셨다.

　앓는다던 어머니가 어떻게 나오셨을까?… 사공의 노 젓는
소리는 부지런히 삐걱거렸으나 명철이 탄 배는 더디기만 했다.

　"영민 애비야!"

　어머니는 상봉의 순간이 한 초가 새로운 듯 두 팔을 내든 채
물기슭으로 마주 달려 나오신다. 명철이도 더욱 조급해났다. 그
래서 선창에 채 닿기도 전에 배에서 몸을 날린다는 것이 그만
발이 좀 모자라 첨벙 물을 디디고 말았다. 한데 뭍을 한 치 앞
둔 그 물이 그처럼 깊을 줄이야… 명철은 퍼런 강물 속으로 끝
없이 잠겨들었다. 그러다 허우적거려 겨우 솟구쳐보니 흉흉한
물결이 자기를 강 복판으로 밀어던지고 있는 것이 아닌가!

　"명철아!"

　사색이 된 어머니가 허둥허둥 강기슭을 따라 달려오는 모습
이 저기에 보였다.

"어머니!··· 어머니!···"명철은 마주 소리치며 필사의 힘을 다해 어머니에게로 헤어가려 팔다리를 허우적거렸다.

"형님, 형님!"

누구의 손인가 명철의 몸을 잡아 흔든다. "으-웅··· 웅?!"명철은 꿈에서 깨어나며 눈을 떴다. 누굴까? 웬 청년이 이렇게 근심스레 자기를 마주 내려다보고 있는 것일까? 몽롱한 의식이 점차 맑아지는 속에 철길 이음새를 뛰어넘는 기차 바퀴의 달가닥 소리가 선명히 들려왔다. 순간 명철은 의자의 차창 구석 쪽에 모로 꾸겨박고 있던 몸을 벌떡 일으켜 앉았다.

밤이 어느 때쯤이나 되었는지 중간 통로에 빼곡이 들어앉은 사람들까지도 하나같이 두 무릎 사이에 얼굴을 묻은 채 꿈나락에 빠져 있었다.

"마침 깨났군요!"

청년이 다행스럽다는 듯 조용히 말했다.

"정신 차리라우 형님. 형님은 여행중도 차표도 없이 이 기차에 올랐어요. 술에 취해서."

"엉?!"

명철은 찬물벼락이라도 맞은 듯했다. 대번에 정신이 왕창 밝아지며 자기 일의 자초지종이 주마등마냥 머리에 떠올랐다.

    2부 대기실은 숨이 막혔다. 차례를 기다리며 붐비는 사람들 때문만이 아니었다. 불볕을 내리붓는 삼복의 바깥날 때문만도 아니었다. 그것은 성냥갑만 한 대기실 네 벽에 빈틈없이 걸린 '여행질서'에 대한 온갖 규정판들과 그 규정판들에서 눈을 찌르며 들어오는 '벌금'이요, '강제노동'이요, '법적제재'요 하는 글발들, 그리고 역전의 매표구 같은 구멍이 뚫린 유리창을 사이 두고 안에서는 떽떽거리고 밖에서는 애걸복걸하는 목소리 등등이 자아내는 무거운 압박감에서 오는 숨막힘이었다.

    이번 사람도 부결인가 아니면 발급이겠는가 하는 것은 공동의 관심사였다. 용무자와 발급자가 주고받는 말소리 외에는 무덤 속 같은 공기가 흐를 뿐 기침 소리 하나 들리지 않았다. 그러다가 열에 하나나 되게 손바닥만 한 여행증을 받아쥐고 감지덕지해서 나가는 사람이 있을 때라야만 여기저기서 선망의 한숨 소리가 가볍게 일군 할 뿐이었다.

    명철이도 사십 분 너머를 그렇게 기다려서야 겨우 그 유리창 구멍 앞에 마주설 수가 있었다.

    '동문 뭐요?' 하는 시선으로 중년의 딱부리 눈이 명철을 내다보았다. 이마가 좁고 하관이 퍼진 생김새며 푸르딩딩한 그 기상이며 흡사 청개구리 가을무를 연상케 하는 사나이였다. 그

118

는 중세기의 재판관처럼 자리를 높이 틀고 앉아 있어서 구척
장신인 명철이도 고개를 젖히고서야 얼굴을 마주볼 수 있었다.

"용무가 뭔가 말요?"

딱부리는 금방 묻는 듯한 시선을 보낸 것도 셈에 친다는 듯
대번에 언성을 높였다. 그 서슬에 명철은 말문이 꾹 막히었다.
이러저러한 일에 부닥치면 공연히 가슴부터 철렁해지곤 하는
명철이었다. 하기는 토설할 말이 너무도 쌓이고 쌓여 말문이
막혀버렸는지도 모른다. 고향에서 '모친병 위급 급래'라는 전
보가 이번까지 연거푸 석 장이나 날아왔다는 것, 그런데 매번
부결되어 오늘까지 가지 못하고 있다는 것, 오늘만 내일만 하
고 있을 어머니께 이번까지 가지 못하게 되면 생전에는 보지
못하게 된다는 것 등 쏟아놓고 싶은 말이 작히나 많은가! 하
지만 명철이 눈딱부리의 재촉 앞에서 꺼낸 말이란 겨우 "저…
이거…" 하는 외마디소리뿐이었다. 그 소리와 함께 명철은 땀
밴 주먹 안에 꾹 움켜쥐고 있던 조그마한 전보장을 유리 구멍
안으로 조심스레 들이밀었다.

"이건 또 뭐야?"

눈딱부리가 혼잣말인 듯 내뱉는 소리였다.

"전보입니다."

"여보, 누가 전보인지 몰라서 묻는가, 동문 직장원인데 왜 본
인이 직접 이런 걸 들구 다니는가 말요. 기업소 증명서 취급자

에게 보내오지 않구?"

"예, 취급자한테 보내왔댔는데 부결당했다기에⋯."

"뭐요? 이 동무가 이거⋯ 그래 부결당한 거 동무가 오면 누가 된답데?"

"그런 게 아니라 이번이 세 번째인데⋯," 명철은 품속에서 보풀이 인 전보문 두 장을 더 꺼내어 구멍 안으로 또 밀어넣었다. "사정 좀 하자요. 제가 맏이자 외아들입니다. 고향엔 시집간 누이동생과 어머니뿐인데⋯."

"됐소, 됐소."

명철의 입을 틀어막기라도 하듯 유리구멍에서 전보문 석 장이 콱 쓸어나왔다. "상부의 지시란 말요. 그 지방은 일 호 행사 예견으루 증명서를 제한하라는. 내가 비밀까지 다 대줘야만 알겠소?"

"그래두 부모가 마지막 길을 간다는데⋯."

"이보! 여긴 홍정판이 아니야. 이 부란 말요, 이 부!" 사나이의 딱부리 눈알이 우악스레 아래위로 디글거렸다. 명철의 가슴속에서 꺼지는 듯한 한숨 소리가 새어나왔다.

2부라는 곳이 군 행정경제위원회 울타리 안에 있기는 해도 소속은 군안전부이며 그 성원들은 사복 속에 견장을 단 안전원들이라는 것을 모르는 사람이 어디에 있으랴. 그럼에도 지금 눈딱부리가 생색을 내며 2부라는 말을 거듭 외쳐댄다는 것은

무엇을 의미하는가!… 이 땅에 태를 묻어 삼십여 년—체질화
된 그 어떤 타성이 명철에게 무엇인지를 귀띔했다. 명철은 창
구 앞에서 공손히 비켜서고 말았다. 순간 그의 망막엔 병석의
어머니 모습이 한가득 안겨왔다. 시집 일을 내버려두고 홀어머
니의 머리맡을 지키며 하나뿐인 오빠를 눈이 빠지게 기다리고
있을 누이동생의 모습도 어른거렸다. 남편이 두고 간 오누이를
키우느라 약골인 어머니로서는 뼈를 갈아야 하는 농장일도 낙
으로 살아오신 어머니!

　원래 명철은 군대복무를 끝내면 고향으로 돌아가 농사일을
하려 했었다. 연로보장 나이가 되기 전엔 농장원이라는 직업에
서 벗어날 수가 없는 어머니를 곁에서 조금이나마 편히 모시
기 위해서였다. 그 밖에도 고향엔 또한 사랑을 약속한 한 처녀
가 있었던 것이다. 명철의 이런 꿈은 제대 후 집단배치 명령에
의해 할 수 없이 이곳 검덕산의 광부가 되어버린 후에도 좀처
럼 깨어지질 않았다. 어떻게 하나 광산을 떠나 어머니 곁으로
빠져나가보자고 무슨 노릇인들 안 해보았겠는가! 직장 당비서
네 집에 닭마리도 들고 다녀보고 광산 노동과장네 집 온돌 수
리도 해주어보았다. 아는 친구를 내세워도 보았고 병원의 진
단서 놀음도 해보았다. 하나 완악한 이 세상은 명철에게 단 한
발자국의 양보도 할 줄 몰랐다. 울며 겨자 먹기로 명철은 어머
니만을 외로이 남겨둔 채 고향 처녀를 이리로 데려올 수밖에

없었다. 그럭저럭 명철은 벌써 아이 아버지가 되었고 어머니도 기다리던 연로보장 나이가 다 되었다. 올 농사나 끝내면 명철은 어머니를 모셔올 수 있었다. 그런데 어머니가 그 마지막 고비를 눈앞에 두고 덜컥 지쳐 쓰러지실 줄이야 어이 알았으랴!

허청거리는 걸음으로 2부 문턱을 나서는 명철의 흉벽 속에서는 소리 없는 울음이 솟구쳐 오르고 있었다. 송아지 눈처럼 순박해 보이는 그의 눈자위에 눈물이 한가득 고여 시글거렸다. 솔뫼라는 고향이 그 어디 도쿄나 이스탄불이라도 된단 말인가! 제 나라 제 땅 안에 있는 고향땅이 이처럼 아득하고 막막한 곳으로 되다니!… 허락한다면 천리든 만리든 걸어서라도 떠나보련만 그마저 허용하지 않는 '여행질서'였다.

명철은 목놓아 울며 땅이라도 치고 싶었다. 하나 때로는 울음도 반항으로 되는 법이다. 반항 앞엔 오직 가차없는 죽음밖에 없는 이 땅, 그래서 아파도 웃고 쓰거워도 삼켜야만 하는 것이 이 땅의 체질이었다.

명철은 걸었다. 그 어떤 절대의 힘 앞에서 당해야 하는 억울한 좌절감에 심신의 힘이 기진해짐을 느끼며 목적지도, 향방도 없이 발길이 닿는 대로 읍거리를 괜히 휘청거렸다. 모든 것이 싫었다. 숨막히는 7월의 폭양을 식혀주듯 어디선가 맴맴거리는 매미 소리도 귀찮기만 했고 땅을 디디고 하늘을 호흡하며 걷고 있다는 그것마저도 싫증이 났다. 생각해보면 살아온 길지도 않은 생애에 너무도 잦게 맞닥뜨리는 오늘 같은 날들이었다.

중학교를 졸업하고 대학 진학을 꿈꾸다가 인민군 초모^{招募}에 응집되어 기차에 올라타야만 했던 그날도, 제대 후 귀가를 그처럼 소망하다가 집단배치장을 쥔 대열 참모를 따라 풍을 친 트럭에 몸을 던져 실어야 했던 그날에도 명철은 오늘 같은 좌절감에 소리 없는 통곡을 했었다.

"거, 명철이 아니야?… 명철이!"

시선을 땅에 박은 채 역전 광장 십자길 로터리를 돌던 명철은 어디선가 들려오는 소리에 고개를 들었다. 다부진 몸매의 곱슬머리가 신작로를 뛰어 건너오며 마치 제가 부탁했던 일을 채근이라도 하듯 다급히 소리치는 것이었다.

"그래, 어떻게 됐어?"

명철은 친구인 영호가 지금 여행증 발급 여부를 묻는 것이라는 것을 인차 알아챘다. 그는 아까 2부로 가던 길에 영화관 옆에서 영호를 만났던 것이다. 오래간만에 왔다 가는 동생 때문에 술을 구하러 다니던 중이라는 영호는 길가에다 명철을 붙들어놓고 그의 여행증 문제를 함께 걱정해주었던 것이다.

"아, 됐어, 안 됐어?"

영호가 오히려 제 편에서 더 안타까워할수록 명철은 그 인정에 콧등이 쿡 저려와 쉽사리 입을 열 수가 없었다. 고향은 서로 달라도 영호와 명철은 한날한시에 한 분대원이 되었다가 역시 그렇게 본의 아닌 광부가 되어버린 막역한 친구 간이었다. 아이 아버지들이 되어버린 지금에는 내외간이 서로 오가며 혈육처럼 살아가는 사이이다.

"틀렸단 말이지."

영호는 그러다 명철의 눈물이라도 보게 될까 두려웠던지 자문자답을 해버리는 것이었다.

"나두 그럴 줄 알았어. 아까 만나서는 명철이한테 찬물을 끼얹는 거 같애 말 안 했댔지만 나두 요새 그 이 부라는 델 몇 번이나 갔댔는지 알아? 동생의 여행증 기일을 다문* 하루라두 연장시켜볼까 해서 말야. 헌데 연장해줘야 말이지. 여행증에 오른 동행자가 오지 않았다는 트집을 걸며 말야. 이곳 기계공장에 동생과 다른 사람이 같이 출장 오게 됐던 모양인데 그 사람이 갑자기 앓아서 동생이 혼자 오게 됐거든. 그런데 그런 사정을 골백번 말해두 어디 귓등으로나 들더냐** 말야. 인정사정이란 손톱꼬물만치도 없는 장작깨비 같은 놈들 따위!"

"사정할 기회나마 주었다면 그건 그래두….."

이어질 말 대신 명철의 목에서 울대뼈가 움씰했다.

"제길!… 가자구 명철이!"

---

* '다만'의 경상남도, 평안도 방언.
** 듣다. '듣다'의 함경도 방언.

영호가 명철의 손목을 무작정 잡아끄는 한편 한 손에 쥐어
든 술통을 흔들어 보이며 외치듯 했다.

"콱 취하지 않구서야 이런 날을 어떻게 견뎌, 응?!"

이날 정말 명철은 영호의 말대로 콱 취하도록 마셨다. 더구
나 영호 동생이 자기는 저녁차를 타야 한다며 사양하는 바람
에 술통의 술을 둘이서 다 비우다시피 했다. 명철은 그런대로
처음엔 정신이 말똥했다. 그래서 취기가 오른 영호가 석 장의
전보문이면 그게 여행증이지 뭔가, 그걸 보구두 시비하는 놈이
있다면 그게 짐승의 새끼지 어머니 배 속에서 나온 사람이겠
는가, 여행증이구 나발이구 그냥 가라고 기염을 토할 때 명철
은 그 말을 받아들일 엄두도 못 내고 있었다. 영호의 동생 영삼
이도 명철의 정상이 안타까운 듯 제 여행증에 오지 않는 동행
자가 한 명 달려 있으니 자기가 차를 갈아타야 하는 기차역까
지는 그럭저럭 함께 있을 것이라며 형의 말을 두둔해 나섰다.
그래도 명철은 한 가지 대답밖에 하지 못했다.

"글쎄 난 자신 없다는데."

"에이참!"

영호가 속이 탄다는 듯 젓가락으로 술상 모서리를 내리쳤다.

"자네 거 고향서 아주 길들어버린 게 아닌가? 이 세상에. 사
람이 어쩜 그렇게 양 같기만 한가 말야."

"그건 영호두 한가지야. 길들지 않구서야 영호라구 이 세상

에 살아남는 재간이 있어?"

"아!… 하긴 그렇네… 에익, 명철이! 우리 노래나 부르자구, 노래나."

  캄캄한 밤하늘에 울리는 기적 소리
  불우한 사나이의 창자를 끊는구나

영호가 종달새 이야기를 꺼냈기 때문이었던지 그날 끝내 비틀거리며 집으로 돌아온 명철은 추녀 밑 조롱 앞에서 갈지자 걸음을 멈추었다. 그 종달새는 명철의 남다른 향수심을 달래주려 함이었던지 언제인가 아내가 고향을 다녀올 때 처남이 보내준 고향의 새였다. 이곳에 자식의 태를 묻게 된 오늘날까지도 귀가의 꿈이 사라지지 않은 명철에게 있어서 그 한 쌍의 종달새는 고향의 푸른 하늘이었고 황금빛 잔디밭이었다. 아침저녁 지저귀는 그 소리에서 명철은 고향의 시냇물 소리와 더불어 못 잊을 어머니의 목소리를 듣군 했다. 조롱 앞에 마주선 명철은 취중에도 마음이 뜨거웠다. 명철은 조롱을 벗겨들었다. 그러자 불시에 눈앞에 조롱 대신 사경에 이른 어머니의 얼굴이 콱 안겨왔다.

"어머니! 어머니가 저세상 문고리를 쥐구 기다리신대두 이 아들은 못 갑니다. 못- 가요. 어머니!"

아내가 달려나와 명철을 부축했다.

"들어가 누우세요. 못 가는 게 어디 당신 탓인가요… 당신 탓인가 말예요. 세월두 너무하지. 어쩜 사람의 간장을 이렇게 까지!…"

아내의 눈물은 명철의 가슴을 더욱 끓였다.

"그래, 내 탓이 아니지, 내 탓이 아니야… 이 종달이처럼, 조롱 속의… 조롱 속의 이… 에잇!"

명철은 별안간 무섭게 갑자르며* 조롱 문을 와락 열어젖혔다. 한 쌍의 종달이는 명철에게 고맙다고 인사라도 하듯 한 번 우짖더니 갇혔던 나래를 퍼덕이며 조롱을 빠져나갔다.

"그래!… 가라, 가. 너희들에게두 고향이 있구, 낳아준 어미가 있을 테니…"

명철은 창공에 두 개의 점으로 사라져가는 종달이를 쳐다보며 중얼대다 말고 갑자기 빈 조롱을 홱 내동댕이쳤다. 하늘을 꿰질러 나는 종달이를 보노라니 부러움의 불길이 확 당겨오르며 알지 못할 용기가 피를 끓게 했던 것이다.

"가자, 가. 너희들두 가구 나두 가구… 나두 갈 거란 말이다!"

명철은 거침새 없이 방으로 들어갔다. 방구석에 걸어둔 배낭을 벗겨 멨다. 어머니의 심장병에 좋다고 가을내 산속을 헤매

* 갑자르다. 힘이 들거나 뜻대로 되지 않아 낑낑거리다.

며 아내가 따다 말려둔 찔광이* 배낭이었다.

"여보! 어쩌자구 이래요."

명철은 붙잡는 아내의 손을 뿌리치며 문밖으로 비틀걸음을
내디뎠다….

*

그 후의 일은 명철이도 기억이 삭막했다. 영삼이의 말에 의
하면 우연히도 그가 탄 차칸**에 오르게 된 명철은 그의 도움을
받아 좌석에 꾸겨 앉자마자 코를 골기 시작했다는 것이었다.
그리고 그것은 영삼이가 명철이를 두고 이 사람은 자기 여행
증에 오른 동행자인데 그만 술에 취해 곯아떨어졌다는 핑계로
네 차례나 있은 증명서 검열을 모면할 수 있게 되었다는 것이
었다.

"형님! 이번 서는 역이 내가 내리는 역이우. 난 내려야겠는
데 어쩌겠소. 이제부턴 형님 혼자서 진짜 '빨치산'을 해야 한단
말이우."

영삼이가 귀에 대고 일러주는 말에 명철은 긴장해서 고개를

---

* 산사나무 열매.
** 찻간

끄덕이었다. 그러나 어떻게 빨치산을 해야겠는지 가슴부터 떨려났다. 이제 그 어떤 사나운 맹금에게 걸려들어 자신이 지리멸렬되고야 말 것 같은 공포감에 등골이 써늘해나기도 했다. 그런데 그 맹금이 그리도 빨리 덮쳐들게 될 줄은 정말 몰랐다.

다음 역에 영삼이를 떨궈놓은 열차가 이십 분 남짓이 달렸을 때였다. 오르내리는 사람들로 죽가마처럼 끓어올랐던 차 안에 다시 내려앉기 시작한 고달픈 잠을 깨우며 "지금부터 손님들이 가지고 있는 증명서 검열을 시작하겠습니다. 미리 준비해 주십시오" 하는 열차원의 목소리가 울렸다. 영삼이의 말대로라면 차 안에 다섯 번째로 울리는 소리였을 것이나 비로소 처음 듣게 되는 명철은 가슴에 비수라도 와닿는 듯했다. 벌써 독사같이 파란 관복을 입은 두 철도 안전원이 전짓불을 번뜩이며 차칸 양쪽에서 마주 조여오고 있었다. 튀어나올 듯 심장이 툭탁거렸다. 전신에 진땀이 쭉 내돌았다.

"여! 일어섯. 걸어… 이 쌍!…" 하며 단속당한 사람들을 끌어내는 소리가 몇 좌석 건너에서 들려오게 되자 명철은 귓속이 왱-해가며 눈앞이 캄캄해왔다. 이성은 체면이요, 창피요 하는 말에 무감각해졌고 어떻게 하나 이 순간을 모면해야 한다는 본능만이 온몸을 사로잡았다. 그리하여 명철의 두 발은 마치도 뱀장어가 감탕 속을 파고들 듯이 사람들의 다리 사이를 비집으며 의자 밑으로 빠져 들어가기 시작했다. 처음엔 발목이, 다음엔 무릎과 엉덩이에 이어 머리마저도….

의자 위에서는 못 느끼던 퀴퀴한 냄새가 코를 찌르고 들었다. 살눈썹에 거미줄이 엉켜들었다. 무릎과 턱을 또아리처럼 꼬부려 붙였으나 허우대 큰 몸집은 자꾸만 밖으로 삐여지려 했다. 뿌연 구두짝이며 시커먼 운동화짝들이 비록 코앞에 와닿긴 했어도 울바자처럼 앞뒤를 막아주는 그 다리통들이 오히려 고맙기만 했다. 하나 그 고마움은 순간이었다. 갑자기 치미는 자격지심에 심장의 피가 왈칵 끓어올랐다. 내가 무슨 죄를 졌게?… 도둑질을 했나, 살인을 쳤나?… 내 나라 내 땅에서 어머니 병문안 가는 게 이리도 죄란 말인가, 이리도!… 명철은 와닥닥 뛰쳐나가고 싶은 충동에 몸을 움씰했다. 그때 창꽃 같은 전짓불이 명철의 바로 눈앞에 날아와 떨어졌다. 명철은 전율하며 바싹 몸을 웅크렸다.

"증명서!" 하는 소리가 마치 철퇴라도 내려지듯 머리 위에서 들려왔다. 명철은 숨마저 죽이고 위의 동정을 살폈다. 전짓불을 바투 들이대고 증명서를 살펴보는 안전원의 상의 자락 밑으로 그의 허리춤이 빤히 올려다보였다. 그 허리에서 팽팽한 포승줄이 위협하듯 명철이를 내려다보고 있었다. 순간 오싹하고 등골로 소름이 흘렀다. 권총은 둘째였다. 어쩌면 피가 묻었을지도 모르던 그 포승줄을 이런 데서 또 보게 되다니!… 그것은 어린 뇌리에 너무나 치명적으로 새겨졌던 일이어서 지금 같은 위험천만한 순간도 아랑곳없이 섬광처럼 눈앞에 되살아오는 것이었다.

명철이에게 아직 젖내가 풍기던 인민학교 5학년 때의 어느 봄날이었다. 학교에서는 학생들을 반혁명분자를 처단한다는 농장 탈곡장으로 데려다 열을 지어 앉혔다. 꽃망울이 바야흐로 부푸는 경사지 복숭아나무 기둥에 사형수가 묶여 있었다. 소련으로 수출하는 사과에다 똥을 발라 넣었다는 등 검사의 논거가 시작되자 사형수는 필사적으로 몸을 꿈틀거리기 시작했다. 그 무슨 항변을 하며 팔을 내젓고 고함을 지르는 모양이었으나 수건에 입을 틀어 막히우고 새끼줄에 온몸이 묶인 탓에 그런 꿈틀거림으로밖에 표현되지 않고 있다는 것이 누구에게나 명백히 알려지고 있었다. 사형수의 몸부림은 점점 심해졌다. 그 서슬에 어느 새끼줄이 끊어지기라도 했는지 몸부림의 폭이 갑자기 더 커지기 시작했다. 그러자 모자 띠를 턱에 내려건 한 안전원이 급히 달려나갔다. 그는 훈련된 동작으로 허리춤에서 포승줄을 잡아채 풀어내더니 그것으로 제격 사형수를 덧묶어 놓았다.

얼마 후 연거푸 울리는 요란한 총소리가 사람들의 고막을 찢었다. 산뜻한 봄 대기 속으로 화약내와 피비린내가 물씬 풍겨왔다. 이윽고 트럭 한 대가 부릉거리며 복숭아나무 가까이로 꽁무니를 들이댔다. 두 명의 안전원이 구두술이 달린 손칼을 바지주머니에서 꺼내더니 복숭아나무에서 새끼줄을 끊어내기 시작했다. 그런데 모자끈을 턱에 건 안전원만은 맨손으로 아까 그 포승줄을 풀어내더니 피가 묻었을지도 모르는 그것을 대강 뭉그려 주머니에 쑥 쓸어넣는 것이었다. 왜인지 그것이 좀 전에 총성을 들을 때보다도 더 무섭게 명철의 사지를 와들와들 떨리게 했다.

그 포승줄은 훗날에도 명철의 눈앞을 좀처럼 떠날 줄 몰랐다. 숙제를 못 해갔거나 학교에서 주는 과외 과업 같은 것을 끝내지 못한 날 저녁에는 으레 그 포승줄이 꿈에 나타나 명철이를 가위눌리게 했다. 명철은 그 무렵부터 선생님이나 소년단에서 시키는 일 앞에서 더없이 고분고분해지는 자신을 느끼기 시작했다.

그처럼 복종의식이라는 관념으로 머릿속에 굳어져버렸던 그날의 포승줄!- 그것이 명철의 눈앞에 현실로 다시 나타난 것은 그가 집단배치장을 따라 할 수 없이 병영을 떠나던 그날이었다. 명철은 그날 제대병들을 검덕광산까지 호송할 임무를 받고 트럭에 기어오르는 호송 군관의 안쪽 허리춤에서 권총집과 함께 얼핏 그 포승줄을 보았던 것이다. 그런데 우연이랄지 필연이랄지 열차 안에서의 이 가슴 조이는 순간에 또 그 끔찍스러운 것이 눈에 보이게 될 줄이야! 마치 너는 나와 끊으려야 끊을 수 없는 것으로 인연지어진 운명이라고 암시라도 하는 듯이….

명철은 단속당한 사람들을 늘어세운 두 안전원이 그들을 끌고 몰아대며 열차 안에서 사라질 때까지 숨도 제대로 쉬지를 못했다. 만약 무슨 일로인지 열차 안에 정전이 되지 않았더라면 명철은 어느 때까지든 나오지 못하고 의자 밑에 그냥 엎드려 있었을지도 모른다. 위기에서 벗어나자 이번엔 사람들 앞에서의 체면이라는 것이 그를 의자 밑에 그대로 눌러붙이려 했던 것이다. 명철은 다행히도 열차 안이 캄캄해지자 얼른 의자 밑을 기어나와 도망치듯 다른 차칸으로 건너갔다. 그 상황 중에도 한 손에 꽉 거머쥔 찔꽝이 배낭이 그의 허벅지다리 옆에 무겁게 드리워져 있었다.

*

명철은 기차에 오른 하룻밤 하룻낮 사이에 자기가 영 딴사람이 되어버린 것 같았다. 차창에 얼추 비쳐 보이는 퀭한 얼굴이 무슨 열병이라도 치르고 난 사람 같았다. 그럴 수밖에 없었다. 명철은 그간 냄새 고약한 화장실에 숨어 한 차례, 복잡한 역전 구간이나 바깥 승강대에 매달려오는 것으로 또 한 차례, 연 두 차례나 더 증명서 검열을 피해야 했던 것이다. 중간역에 용서없이 쫓겨 내려지는 단속당한 사람들의 울고불고하는 소리가 명철이로 하여금 그리도 구질고 위험한 노릇도 서슴없이 택하게 하였던 것이다. 하나 그것은 이미 지나간 일이었다. 지금 고향역을 눈앞에 둔 명철은 그래도 가슴이 부풀기만 했다. 병석에서나마 무등 반기는 어머니의 얼굴 모습이 차창에 언뜻 비껴보일 때마다 명철은 저도 모르게 마른침을 꿀꺽 넘기며 무릎 위의 찔광이 배낭을 두 손으로 어루만져보군 했다.

명철은 아침 해가 석다산 마루에 솟아오를 무렵 고향역에서 내려 역구내 울타리를 무사히 뛰어넘었다. 떳떳지 못한 첫걸음을 고향땅에 찍는 것 같아 마음이 께름하긴 하였지만 여행증이 없이는 그 밖의 다른 출로가 없었다. 단숨에 읍거리를 벗어나 말등재에 올라서자 발밑에 휘연한 소양강 줄기가 나타났다. 이제 눈 익은 저 강을 건너 10리—벌 하나 지나고 산 하나 끼고 돌면 곧 솔뫼라는 향촌이 나지리라*!

명철은 벌써 그 고향 마을의 동구길이라도 들어선 심정이었다. 태양은 떠오르면서부터 열기를 내뿜었으나 소양강 물바람은 여기서도 제법 서늘했다. 흐느적이는 물소리와 삐이삐이 하는 그 유정한 물새 소리마저도 귓전에 들려오듯 했다. 향산 줄기가 뒤를 둘러막고 앉은 탓에 어떤 나들이든 꼭 소양강을 넘나들어야만 하는 솔뫼 사람들에게 있어서 저 강은 그대로가

---

* 나지다. 잃었던 것이나 보이지 않던 것이 나타나다.

어머니강이었고 추억의 강이었다. 명철의 가슴속에도 저 강에 대한 짜릿한 추억이 간직되어 있었다.

　명철이 여섯 살 나던 어느 해 가을날이었다. 명철은 외갓집을 다녀오려 어머니와 함께 저 강을 나룻배로 건너왔다. 그런데 금방 배에서 내린 명철이가 다시 강을 건너자고 떼를 쓰기 시작했다. 어머니는 한 식경이나 달래도 보고 사정도 해보았으나 배를 한 번 더 타보고 싶은 명철의 마음을 꺾을 수가 없었다. 어머니는 할 수 없이 사공 노인에게 선가船價를 또 내밀 수밖에 없었다.

　"아니, 아 애민 금방 선가를 물지 않았나?"

　"예, 그런데 이 애가 너무도 떼를 써서요. 배를 한 번 더 타보겠다구."

　"그러니 다시 건너갔다 오겠단 말이겠다?"

　"네. 노인님께서 힘드시겠지만 미안한대루 좀…."

　"허허… 새끼라는 게 뭔지 원!… 선가는 무슨 선가, 어서 올라타게… 에끼 녀석!"

　명철은 좋아서 키득거리며 이렇게 끝내 강을 다시 건너갔다 왔다. 그런데 배에서 내리자마자 어머니가 왈칵왈칵 게우기 시작할 줄이야 어이 알았으랴.

　"내 저 녀석 응석을 너무 들어준다 했네. 보아하니 그 무거운 몸으루…."

어머니의 만삭이 된 뚱뚱한 배를 동정스레 바라보며 그때 사공 노인이 외우던 말을 명철은 지금껏 잊지 못하고 있었다. 명철이에겐 이런 추억이 있어서 어머니를 그리는 꿈을 꿀 때면 언제나 어젯밤 열차 안에서와 같이 어떤 강가나 나루터와 얽혀진 꿈만을 꾸는 것 같았다.

'어머니! 조금만 기다리세요. 이제 이 아들이 꿈에서처럼 어머니 앞에 나설 테니 말이에요.'

풀석풀석 먼지가 따라오르는 명철의 두 발엔 날개라도 돋힌 듯했다. 그렇게 명철이가 소양강 다릿목에 이르렀을 때였다.

"섯!" 하는 소리가 명철의 고막을 찔렀다. 명철은 그제야 자기가 마음 들떠 다리 입구에 있는 차단봉이며 초소막에 주의가 소홀했음을 알아챘다.

자동차 단속이나 하겠거니 했지 이렇게 행인까지 멈춰 세우리라고는 생각 못 했던 것이다.

"증명서 좀 보기요."

뱁새눈에 조개턱인 명철이 또래의 깔끔해 보이는 사나이가 한쪽 어깨의 총부혁*을 꼭 거머쥔 채 토봉 꿀통 비슷한 보초소에서 한 발짝 앞으로 나왔다. 명철은 눈앞이 아뜩했다. 명철은 잠시 얼떠름해 서 있다가 우물우물 공민증을 꺼내어 내밀었다.

---

* 멜빵. 소총을 어깨에 걸 수 있도록 단 띠 모양의 줄.

사나이가 공민증 갈피를 깐깐히 살피다가 다시 요구했다.

"여행증."

"저… 없습니다."

피할 수 없는 외통길에 들어선 명철이었다.

"뭐—요?!"

사나이의 뱁새눈이 쨰질 듯 치떠졌다.

"여행증도 없이 함경도에서 예까지 왔단 말이오? 그것도 일호 행사가 제기되고 있는 우리 군에."

"헛, 참!" 그러더니 사나이는 손목에서 대롱거리는 호각을 들어 삑— 하고 불어댔다.

차단봉 곁 초소막 문이 벌컥 열렸다.

"또 뭐야?"

"함경도에서 여행증 없이 온 사람입니다."

"어랍쇼. 영웅이구만, 응? 이리 오오, 이리."

명철은 보초소를 떠나 초소막으로 들어갔다. 막 안에는 명철이를 불러들인 구레나룻터가 시퍼런 T자 견장의 안전원과 차단봉 조종공 외에도 이미 단속되어 들어온 사람들로 가득차 있었다. 이런 함정이 여기 있을 줄은 꿈에도 몰랐다. 구레나룻은 지금 자기 앞에 줄레줄레 둘러선 사람들 면전에 의자를 바싹 내놓고 앉아 한창 무슨 훈시를 하던 모양인데 명철이가 들어서자 그에게로 말머리를 돌려대는 것이었다.

"보란 말이야. 군과 군 사이 통행마저 단속이라구 꿍꿍들 대지만 대낮에두 이런 도깨비들이 기어들지 않는가!"

구레나룻의 꼿꼿이 살아난 손가락 하나가 찌르듯 명철이를 가리켰다.

"함경도 어디야?"

"ㄷ군입니다."

"거기서 뭘 하나?"

"광산 노동잡니다."

"잘한다, 잘해. 그러니 검덕광산이 생산계획을 할 수 있가서?… 이렇단 말이야 이래."

구레나룻은 명철이 쪽에 대고 다시 손을 넌들넌들 흔들어대는 한편 얼굴을 먼저 사람들에게로 돌려댔다.

"우리가 주민통제 사업을 해야겠는가, 안 해야겠는가, 응? 여행증이라는 게 적 간첩놈들만 잡자는 게 아니란 말야. 알갔소, 할마이?"

"네에, 네. 하지만서두 우리 상동군과 하동군은 이 소양강 다리 하나 사이이기에… 손자가 갑자기 앓는대서요. 글쎄 첨엔 고뿔이라는데…."

"그만, 그만."

이때 만약 부르릉거리며 밖에 트럭 한 대가 달려와 서지 않았더라면 명철은 여러 사람들 앞에서 무슨 욕을 더 보았을지

모른다. 구레나룻은 얼핏 트럭을 내다보더니 창턱 위에 놓인
전화기를 집어들었다.

"…군안전부 작전팝니까?… 차가 금방 왔습니다. 예, 예. 몽
땅 실어 보내갔습니다."

구레나룻은 전화통을 놓았다. 그리고 사람들을 내몰기 시작
했다.

"자, 몽땅 나가!"

"에이쿠! 안전원 선상님!"

"이것 보시우. 난 이웃의 우리 사돈님이 상세났대서리*…."

"전 정말 공민증을 잃어버린 사람인데…."

갑자기 끓어오르는 사람들 속에서 명철이도 구레나룻의 한
켠 팔을 붙잡았다.

"안전원 동지!"

어줍은 명철이로서는 자기를 초월하는 비상한 용단 끝에만
할 수 있는 행동이었다. 천신만고하여 여기까지 왔다는 생각,
그렇게 왔다가 고향집 문 앞에서 돌아설 수 없다는 생각, 지금
쯤은 어머니가 아들을 한번 보고야 눈을 감겠다고 마지막 숨
을 넘기지 못하고 계실지도 모른다는 등의 절박한 생각이 명
철이로 하여금 그런 용단을 내리게 한 것이었다.

---

* 상세나다. 초상나다.

"사정 좀 들어주십쇼. 안전원 동지!"

명철은 구레나룻의 팔을 흔들어댔다.

"뭐야, 이건!"

꽥 하며 구레나룻이 팔을 잡아챘다. 그러고는 명철의 면상에다 돌이라도 내던지듯 냉혹하게 쏘아붙였다.

"조선 까마귀 다 까욱거려두 동문 가만있으라. 영창감이야, 동문 영창감!"

하지만 영창이라는 무시무시한 말도 이 시각 명철의 귀를 크게는 자극하지 못했다. 어떤 대가를 치르고 어떤 방법을 써서든 어머니를 만나보고 돌아갈 수만 있다면 영창 타령쯤은 꿈에 볼기 맞기였다. 하나 별다른 수가 없었다. 총을 둘러멘 보초병까지 달려와 도살장으로 가는 돼지떼 몰아붙이듯 하는 통에 명철이도 끝내 트럭 위로 올라가지 않을 수가 없었다. 구레나룻의 발목에 매달리던 할머니도, 지팡이 짚은 허리를 조아리며 사정하던 할아버지도, 그 누구도 제외됨이 없었다. 차가 부르릉 하며 시커먼 배기가스를 한 발이나 내뿜더니 움씰하고 자리를 뜨기 시작했다.

"어머니!"

명철은 속으로 부르짖었다. 숨결이 가빠지고 두 볼이 푸들거려났다. 뿌예지는 망막 속으로 저기 다리 옆 추억의 옛 나루터가 안겨오는 순간 명철은 걷잡을 수 없이 눈물이 쏟아졌다. 임종의 머리맡에마저 나타나지 못하는 못난 아들을 둔 어머니가 불쌍했고 거미줄에 걸린 잠자리마냥 꼼짝할 수 없는 자기 자신의 운명이 서러웠다.

'어머니! 용서하세요. 이 못난 놈, 이 못난 놈을….'

명철은 떨리는 주먹으로 눈물 콧물을 연방 닦아냈다. 타래치며 트럭 꽁무니를 따라오는 뽀얀 먼지구름이 명철의 시야와 지척인 고향의 산야 사이를 천만리로 갈라놓고 있었다.

*

잠들었던 아들애가 깨어나 뒤척거리기 시작하는 바람에 남편의 말은 끊어졌다. 정숙은 지금 이틀간이나 녹초가 되도록 앓고 난 후의 첫 담배맛에 취한 채 털어놓는 남편의 이야기를 듣고 있던 중이었다.

"영민아, 아버지 일어나셨다!"

아이를 명철이 쪽으로 돌려대며 정숙이 말했다.

"자, 좀 봐요. 아들을!"

"아들?… 흥!"

남편은 고소를 던졌다. 이야기를 들으며 울어서 눈두덩이 벌게진 아내가 일부러 밝은 목소리를 내는 이유를 충분히 알면서도 남편은 그렇게 대답할 수밖에 없는 모양이었다.

"호호… 영민아, 아버지가 반갑지 않다누나 너를, 응?"

"낳아준 어머니가 죽는대두 못 가보는 이 땅에서 아들이 필요하우? 아들이!"

"영민 아버지. 왜 자꾸 그래요. 지나간 일 자꾸 생각해선 뭘하나 말예요. 이제 증명서 내가지구 다시 가면 되잖아요. 그때까지 어머닌 꼭 무사하실 거예요."

정숙은 남편의 그 후 사연을 마저 듣고 싶었으나 이런 위로의 말로 그만 묻어두고 말려 했다. 괜히 남편의 아픈 상처만 헤집게 될 것 같아서였다. 하지만 한 가지 근심만은 비쳐 보이지 않을 수가 없었다.

"그런데 직장일이 근심이에요. 이십 일 나마나 무단결근을 했으니…"

"그건 일없소."

남편이 정숙의 말을 끊으며 책상 위의 수첩 갈피에서 종이 한 장을 꺼내주었다.

"확인서?"

정숙은 급히 내려읽었다.

성명 김명철

상기 동무는 여행규정 위반으로 아래와 같이 노동단련을 하였음을 확인함.

1992년 7월 2일부터

1992년 7월 24일까지.

평안남도 Ⅱ군안전부 노동단련소

"아니?!" 정숙은 입술을 깨물며 시선을 남편에게로 옮겨갔다.

"당신 말대로 다 지나간 일인데 뭘."

이번엔 남편이 지어낸 밝은 목소리를 냈다.

"한마디로 자갈* 물고 굴레 쓴 마소가 돼야 했어, 이십이 일 간이지."

"그만, 그만해요."

정숙은 부르짖듯이 남편의 말을 밀막아버렸다. 상의를 벗겨보면 남편의 잔등에서 멍이 든 채찍 자리라도 찾아보게 될 것 같은 환각에 가슴이 저려나서였다. 문득 벗겨 빼는 남편의 속옷 속에 한번 쭉 깔려 있던 이들이 눈앞에 다시 바글거려났다….

"쪼르릉, 삣 쪼르릉….."

창밖에서 종달새 울음소리가 들려왔다.

"아니?! 저게 어떻게?"

명철이 창밖 추녀 밑에 이전 모양 그대로 매달려 있는 종달새 조롱을 보며 놀라는 소리를 냈다.

---

* 재갈

"당신이 놔주고 간 이튿날 아침에 보니 저것들이 다시 날아 오지 않았겠어요. 그래 조롱을 다시 달아주었더니 저렇게…."

"길들었구나!… 불쌍한 것들!"

명철은 한마디 한마디 씹어 뱉듯 중얼거렸다.

"삐쫑삐쫑 삐쪼르룽…." 종달새가 다시 우짖었다. 마치 명철에게 '당신도 길들었기에 그렇게 그냥 돌아왔죠' 하고 반박이라도 하듯이….

'그래, 나 역시 지척도 천리 밖으로 살아야 하는 조롱 속의 짐승인가보다! 조롱 속의 짐승!'

명철은 움쭉 자리에서 일어섰다. 꽉 다문 입술이 돌처럼 굳어 보였다. 어금니 바깥 볼에 손가락 같은 근육이 불끈 돋아났다. 명철은 창밖으로 손을 뻗쳤다. 조롱을 벗겨 두 손으로 쳐들었다. 이윽토록* 그것을 쏘아보는 명철의 입에서 신음 소리 비슷한 것이 새어나왔다. 동시에 그의 손은 조롱을 양쪽으로 느긋이 잡아당기기 시작했다. 으드득― 조롱이 두 쪽으로 흩어졌다. 명철은 그 모든 동작을 미리 생각해두었던 것처럼, 그렇듯 거침새 없고 태연하게 하였다. 종달새가 방 안으로 한 바퀴 빙 돌더니 쏜살같이 창밖으로 빠져나갔다.

"왜 그래요, 영민 아버지. 예?"

---

* 얼마간 오래도록.

정숙은 처음 보는 남편의 과격한 표정과 행동에 더럭 겁이
났다.

"왜랄 게 있소. 조롱을 찢어야겠으니 찢었을 뿐이지."

자유로이 나래치는 종달이를 지그시 바라보는 명철의 대답
은 역시 태연자약하기만 했다. 밖에서 인기척이 들리더니 우편
통신원이 열려진 창문으로 전보 한 장을 들이밀었다. 자자구구
가슴을 허비는 글자가 두 사람의 눈을 찌르고 들었다.

'모친 사망.'

곡성은 울리지 않았다. 다만 속으로 흐르는, 눈물보다 몇 곱
절 더 진하고 독한 그 무엇에 전보장을 맞쥔 두 사람의 주먹이
부들부들 떨리고 있을 뿐이었다.

1993. 2. 7.

복

마

전

소쩍, 소쩍….

마디마디 피를 토하듯 마을 뒷산에서 두견새가 울어댄다. 그
소리에 잠 못 들고 있는 것은 오 씨만이 아닌 듯싶었다.

"으-ㅁ!…" 하는 영감의 긴 한숨 소리가 그것을 말해주고 있
었다. 그에 연쇄반응이라도 일으키듯 이번엔 손녀의 울음소리
가 잇달아 올랐다.

"으으응… 어-ㅁ마…."

"아가, 아프냐?"

오 씨는 떨리는 손으로 손녀의 붕대를 감은 한쪽 다리를 어
둠 속에서 더듬어 찾았다. 손끝에 닿는 모난 나무판대기의 싸
늘하고 딱딱한 촉감이 오 씨의 가슴을 콕 찌르고 든다.

"에휴!"

탄식을 내뿜어봐도 오 씨의 가슴은 저리기만 하다. 여섯 살

손녀의 연약한 다리가 겪는 아픔도 아픔이지만 허리에 역시 붕대를 한 채 꼬박 곧은 자세로만 누워 있어야 하는 영감의 고통이 못박혀와서였다. 어쩌다 내외가 딸집에 나들이를 갔다가 임신 막달인 딸의 편의를 생각하여 외손녀를 데리고 오던 것이 이런 참화를 입게 될 줄이야!

"으으응… 엄마야아아…."

"아가. 이제 이 다리랑 낫거들랑 기차 타구 엄마한테 가자, 응?"

"싫어, 싫어. 기차 안 탈래, 안 탈래. 어엉…."

지금까지는 실개천처럼 이을락 말락 하던 손녀의 울음소리가 갑자기 벽계수처럼 터져오른다. 방 안의 어둠을 갈기갈기 찢는 그 울음소리엔 분명 그 어떤 원망과 항변이 울리고 있었다.

"노친두 원, 듣기만 해두 소름 끼치는 기차 얘긴 왜 또… 애 앞에서."

영감의 지청구다.

그 말에 설움이 더 북받쳤던지 손녀의 울음소리가 곱절로 더 높아진다.

"내가 노망이 들었나보우, 노망이."

오 씨는 중얼거리며 일어나 전등 스위치를 더듬어 눌렀다. 번쩍 밝아지는 속에 눈물범벅이 된 손녀의 얼굴이 안겨온다.

"오, 우리 영순이 내 좀 안아주까!" 오 씨는 형언할 수 없는 애처로움을 느끼며 손녀의 몸과 붕대를 한 다리 밑으로 두 팔을 넣어 조심스레 안고 일어섰다. 그러고는 아까 초저녁에 내내 그렇게 앉아 있었던 창가의 걸상으로 다시 가서 앉았다.

　　나아라 나아라
　　우리 애기 아픈 다리
　　옛말 친구 할머니가
　　약손으로 쏠어주께…

　오 씨는 무릎 위의 손녀에게 심신을 다 쏟았으나 애는 울음을 그칠 줄 모른다. 너무도 가슴 사무치는 설움이어서 좀처럼 가라앉지를 않는 모양이었다. 그 말랑말랑한 오금을 놀부 제비 다리 꺾듯 해치웠으니 천진한 가슴에 새겨진 피의 얼룩이 어찌 쉽사리 지워질 수가 있으랴.
　"아가, 이 할미가 잘못했다."
　오 씨는 목이 갈라진 소리를 냈다.
　"다시는 기차를 타지 말자, 응? 다시는!…"
　다시는!… 손녀에게 하는 그 다짐을 더욱 굳혀주기라도 하듯 오 씨의 귓가에 돌연 아비규환의 아우성이 터져오른다. 그 아우성 속에 악몽처럼 펼쳐지는 어느 기차역의 참상!…

*

"사람 죽는다!"

오 씨는 비명을 지르고야 말았다. 엎치고 덮쳐진 사람범벅 속에서 파묻혀 금세 숨이 넘어가고 마는 듯한 절망감에서였다. 악마구리 끓듯* 고아대는 속에 서로 뒤엉켜 팔다리며 어깨며 몽둥이들이 오 씨의 머리와 잔등을 내리누르고 허리를 꺾고 가슴을 압박해댔다. 후끈후끈하는 열기, 땀냄새, 발밑에서 질벅거리는 진창… 하나 그런 것들도 이미 감각에서 멀어져가고 있었다. 오직 이렇게 죽고 마나보다 하는 한 가지 생각만이 초롱초롱 머릿속에 밝아올 뿐이었다. 한평생을 중학교 역사 교사로 늙어온 탓이었던지 자기가 어느 한 굶주린 노예폭동 군중 속에 묻혀 숨겨가고 있는 듯한 환각이 일어나기도 했다. 정말 밀차에 실린 빵이 제때에 거덜이 났기 망정이지 그렇지 않았다간 그 자리에 쓰러지고 말았을 오 씨였다. 딸딸이 상자 속의 빵이 다 팔리자 사람의 소용돌이는 절로 풀려나고 말았다. 오 씨의 가슴엔 그래도 세 개의 빵봉지가 부둥켜 안겨져 있었다. 마지막 식량을 덜어서 샀다는 생각, 놓쳐버리는 날엔 길거리에서 세 식구가 꼬박 굶어야 한다는 생각이 그 난리 속에서

• '여러 사람이 알아들을 수 없이 시끄럽게 떠들어대는 모양'을 빗대 이르는 말.

도 오 씨로 하여금 빵봉지를 놓지 못하게 했던 것이다.

"히야! 할마이 같은 사람도 이런 판에 끼어들어요?"

땀참봉이 된 한 청년이 벗겨져 달아났던 진창투성이의 한쪽 신발을 찾아 신는 오 씨를 보고 놀라는 소리를 질렀다. 그러나 오 씨에게는 그 소리가 들리는 듯 마는 듯했다. 신발까지 찾아 신고 보니 이번엔 영감과 손녀가 있는 대합실로 들어가야 할 일이 또 아득해왔던 것이다. 사람들이 들어차지 못해 창틀마저 없어져 창문이란 창문은 다 출입문이 되어버리고 여행용 물병 들도 모두 요강통으로 변해버린 대합실이었다. 여기에 시도 때 도 없이 비만 찔끔거리지 않아도 그렇지 않았을 것이었다. 길 떠난 몸을 한지에서 쫄딱 적시지 않기 위해서는 죽든 살든 대 합실로밖에 들어갈 데가 없는 사람들이었다.

바깥에서 묻어 들어온 진창이 절벅한 콘크리트 바닥도 아랑 곳없이 그대로 드러누운 사람, 앉은 사람들, 그나마도 자리가 없어 말뚝처럼 꼿꼿이 선 사람들… 그들도 거의 모두가 오 씨 네 내외처럼 출발지를 떠나와 차를 갈아타려고 내렸다가 '1호 행사' 때문에 이 역에 갇히게 된 사람들이었다.

이 역은 시골에 자리잡은 그리 크지 않은 역이었으나 사방 에서 분기선이 모여든 모체역이어서 열차 운행에 조그만 변화 가 생겨도 극심한 체증을 겪게 되는 역이었다. 그런 역이 하물 며 서른두 시간이나 아주 폐쇄되었으니 지금 같은 혼잡은 당

연한 일이었다. 모두 먹을 것이 떨어진데다 봉사망이 충족하지
못해 빵 한 봉지를 사려고 해도 금방 오 씨가 겪은 것과 같은
갖은 고난을 치러야 하는가 하면 대합실을 한 번 드나들 때도
천신만고를 해야 했다. 그래서인지 사람들은 철길 먼지에 꺼멓
게 그을린 얼굴들을 저마다 잔뜩 찌푸린 채 하찮은 일을 가지
고도 서로 짜증을 내고 아귀다툼을 했다. 베고 누운 배낭끈을
좀 건드렸다고 아웅거리고 지나가며 밀쳤다고 티각거렸다. 그
러다가도 그 승강이가 끝나면 서로의 얼굴들엔 반드시 공통의
표정이 떠오르는 것이었다. '무슨 놈의 1호 행사가 이리도 길
어? 무슨 놈의 1호 행사가 이리도 사람을 죽이냐 말야?' 하나
입밖에 뻥긋도 해볼 수 없는 그 불만이었다. 지금의 '1호 행사'
란 김일성이 이 철길로 지나가게 된다는 신성불가침의 말이
다. 그러니 설사 살인강도를 저질러도 살 수 있다 해도 그 말에
불만 비슷한 것만 표현했다가도 고양이 앞의 쥐 신세를 면할
수가 없는 것이다. 그 '고양이'들이 지금 박 안의 박씨처럼 역
구내 외의 그 어디에나 배겨 있을 것이었다.

바로 옆의 사람이 함께 고통을 겪는 척하는 그 고양이일지
도 모를 일이었다. 어디다 대고 찍, 찍이나 해본단 말인가… 그
러니 시어미 역정에 강아지 배라도 차볼 수밖에 없는 불쌍한
사람들이었다.

오 씨는 그런 '강아지' 신세를 겪느라 빵을 산 역전 마당에서

영감, 손녀가 있는 데까지의 서른댓 발자국도 되나 마나 한 거리를 근 십여 분이나 걸려서야 겨우 가닿을 수가 있었다. 오 씨네가 자리잡은 곳은 대합실 안쪽 벽 모서리 바닥이었다. 말하자면 등 뒤로는 물론 한쪽 옆으로도 사람들의 '공격'을 받지 않아도 되는 명당자리였다. 오 씨를 먼저 본 것은 손녀였다.

"야! 빵!"

손녀는 도중에 먹을 것이 떨어져 끼니를 건너뛴 것이 이제 겨우 한 끼밖에 안 되는데도 할머니보다 빵이 더 반가운 모양이었다. 그래도 영감이 영감이었다.

"저 땀!… 그러기 내가 간다는데두…."

영감이 일어나 빵봉지를 받아놓더니 "여보 새각시" 하며 그 사이 오 씨의 자리를 빌려 앉고 배낭에 코를 박은 채 잠든 한 젊은 여인을 깨워 자리를 비워주었다. 그것도 자리라고 앉으니 살 것 같았다. 오 씨는 빵봉지를 헤쳐 영감과 손녀 앞에 하나씩 내밀었다.

"난 생각이 없소."

영감이 사양했다. 생각이 없는 것이 아니라 단식하려 드는 것이었다. 지갑에서 마지막 식량을 제 손으로 꺼내준 영감이었다. 한 봉지에 다섯 개씩 해서 열다섯 개의 빵—그것이 이제 남은 식량의 전부가 아닌가!

"어서 드시라구요. 아이 생각만 마시구. 기차가 인차 가게 되겠지 여기서 굶겨 죽이기야 하겠나요."

오 씨는 억지로 영감의 손에 빵을 들려주었다.

"그럼 당신두 하나 드우."

영감이 먹지 않을 것 같아 오 씨도 아까운 것을 하나 축내야만 했다. 이제부터 노상에서 몇 개를 더 먹어야 할지 모르는 판에 손녀를 굶기게라도 될까봐서 속을 졸이는 마음은 영감에 비할 바가 없는 오 씨였다.

"너 참, 맛있게 먹는구나! 호호….."

오 씨에게 자리를 내어주고 옆에 같이 비벼 앉은 새각시가 목을 추며 빵을 넘기는 손녀를 보고 귀여운 듯 웃었다.

"에그나, 미처 생각 못했구만. 자, 하나 들라구."

오 씨가 진심으로 미안하다고 하며 새각시 앞으로 빵봉지를 내밀었다.

"하나 들지 뭘."

영감도 따라 권했다.

"아이, 아니에요. 저두 이 배낭에 있는걸요."

새각시가 빵봉지를 두 손으로 밀어내더니 세 식구를 다정히 바라보며 계속했다.

"어디까지 가시기에 이렇게들….."

"오, 우리 온 길은 멀지만 갈 길은 이제 얼마 남지 않았는데 이 주접이라우."

"정말 차가 언제면… 에구!"

새각시가 갑자기 신음 소리를 냈다. 동시에 두 손으로 아랫배를 감싸안으며 기대앉았던 배낭에 얼굴을 묻었다.

"아푸우? 홑몸이 아니구만."

오 씨가 물었다. 부끄러움을 타서인지 통증 때문인지 새각시는 인차 대답을 못 했다.

"몇 달이게?"

"여덟 달… 일없었는데 아까 사람들 틈에 끼었던 담부터… 차표 지장 찍느라…."

"에그, 어쩌누. 이 노상에서."

오 씨는 남의 일 같지 않았다. 어쩌면 해산달이 지금 내외가 나들이를 다녀오는 오 씨의 딸과 심통히도 같았다. 여인들도 남정들 못지않게 소 갈 데 말 갈 데 다 가야 살아갈 수 있는 이 세월에 헤어져 온 지는 며칠 안 되지만 그새 딸에게서도 이런 변고가 없었을는지 그 누가 알랴!

"좀 편히 엎드리구려."

영감도 오 씨와 같은 생각을 했던지 다리를 거두어 자리를 넓혀주며 새각시를 동정했다.

"에구!…"

새각시의 그 후 일은 알 수 없었다. 영감이 자리를 넓혀주던 바로 그 찰나에 북쪽 방면을 개찰한다는 헛소문이 일어 대합실이 쑤셔놓은 벌집이 되어버렸던 것이다. 소동이 가라앉은 다음엔 온통 뒤죽박죽이 되어 서로 생판 모르는 사람들과 마주앉게 되었다. 하지만 오 씨의 머리에서는 그 새각시에 대한 생각이 사라지지를 않았다. 새각시는 자기가 겪은 불행을 보여주는 것으로써 오 씨에게 자꾸만 새로운 결심을 재촉하는 것이었다.

딸의 임신을 알게 된 초기에 벌써 오 씨는 편지를 띄워 산골에 사는 동생에게 멧돼지열*을 부탁했었다. 뭐니뭐니해도 산후엔 멧돼지열이 제일이었다.

바로 그 동생네 집이 이 역에서 오 씨네 집 방향으로 네 번째 정거장만에 있었다. 네 정거장이야 못 걸어가랴… 그래서 한 입이라도 덜면 식량표 넉 장의 수명이 그만큼 길어질 게구!… 기실 오 씨의 이런 생각이 지금에 와서야 비로소 일어난 것은 아니었다. 오 씨는 아까 마지막 식량표를 받아쥐던 그때에 벌써 자기의 이런 의향을 영감에게 비쳤다가 야단을 맞았던 것이다. 그런데 새각시 일을 목격한 지금에 와서는 그 의향이 더는 망설일 수 없는 확고한 결심으로 굳어지는 것이었다.

"영순 할아버지! 아무래두 내가 아까 말했던 대로 움직여야 할까봐요."

"또 그런 소리요?"

---

* 멧돼지의 쓸개.

158

그새 잠든 손녀를 돌보느라 떠미는 사람들 쪽으로 부자연스레 등을 구부려대고 앉았던 영감이 오 씨를 마주보았다.

"또가 아니라 꼭이웨다. 좀 전의 그 새각실 잊으셨수?"

"헛, 참!…"

"여자란 한 번 산후탈을 만나면 종신병을 얻고 말아요, 종신병을!"

"…"

"글쎄, 아무리 생각해봐두 엎친 김에 절이구 일거양득인 일이니 승낙을 하시우, 예?"

"노친, 나두 생각이 짧아서 그러는 건 아니오. 노친이 혼자서 거기까지 무사히 걸어가겠는가 해서 그러는 거지."

"글쎄 그건 걱정 놓으라니까요."

드디어 오 씨는 떠날 차비를 간단히 하기 시작하였다.

하나 막상 영감, 손녀와 헤어지자니 그들을 가시밭에 두고 혼자 가는 것 같아 발길이 쉬어 떨어지지 않았다. 오 씨는 몇 번이나 돌아보고 또 돌아보며 못 잊을 역 대합실을 겨우겨우 빠져나가기 시작했다.

*

"흐흐흑…"

무릎 위의 손녀가 흐드득 흐느끼는 소리에 오 씨는 생각에서 깨어났다.

그새 울음은 그쳤지만 옹쳐진* 원망만은 풀리지 않는 모양이었다. 오 씨는 떨리는 손으로 손녀의 자분치**를 쓰다듬었다. 영감도 못 견뎌 배겼던 역의 난리 속에 오 씨가 있었다고 무슨 뾰족한 수가 있었으랴만 그래도 오 씨의 마음은 그렇지가 않았다. 손녀 앞에 무릎을 꿇고 빈다 해도 명색이 할미라는 게 혼자 달아와버려 어린것을 이 지경으로 만들었다는 자책감을 다 풀 것 같지 못했다. 물론 허리뼈가 어그러진 영감에 비하면 손녀의 상처는 아무것도 아니었다. 하나 이쪽은 인생의 봄싹이 아닌가! 그 노랗고 천진한 봄싹에다 얼음창을 들이박아 인생의 첫인상을 환멸로 받아들이게 하다니! 오 씨는 꽛꽛한 붕대에 휩싸인 말캉한 그 다리의 아픔보다도 손녀가 입은 그런 마음의 상처가 곱절로 더 애처로웠다.

"할머니가 또 옛말 들려줄까? 우리 영순이한테."

오 씨는 무엇으로든 손녀의 아픔에 위안을 주고 보상을 주지 않고는 견딜 수가 없었다. 손녀가 까딱까딱 대답 대신 머리를 흔들었다.

---

* 옹치다. 마음속에 풀리지 않고 꼭 뭉치거나 얽히다.
** 귀 앞에 난 잔머리카락.

"그래, 그래. 들려주지… 옛날 옛적 어느 바닷가에-"

"착한 어부가 살고 있었죠? 그건 들려준 거야. 할머니가 우리집에서."

"오, 그랬던가!… 그럼… 그렇지. 옛날 옛적 한 독장사가-"

"독을 지구 길을 훨훨 가는데… 해해…." 옛말이라면 넘어가는 영순이가 잠시나마 아픔을 잊은 모양이었다.

"독장사 얘기두 들려주구선. 그때 날에."

오 씨는 말문이 막혔다. 그제야 그는 자기가 마음은 외지밭에 보내고 입만으로 무엇을 중얼거리고 있었음을 느꼈으나 인차 다른 얘깃거리가 떠오르질 않았다.

"허허… 우리 영순이가 할머니랑 웃는 걸 보니 이 할아버지두 아픈 게 다 낫는걸."

곧은 몸의 시선을 천장에 박은 채로 영감이 던져주는 말이었다. 오 씨는 유난히 부드러운 그 억양에서 할머니에 대한 아무런 원망도 없는 손녀를 자기에게 안겨주려는 영감의 후더운 인정을 느꼈다.

"할머니, 빨리."

"오냐, 오냐."

하나 영감의 사려 깊은 인정에 젖어버린 오 씨의 목소리는 인차 옛말을 이어낼 것 같지 못했다.

"영순아, 할머니가 옛말자루 다 턴 모양이구나. 내가 들려주랴?”

“응.” 할아버지의 괴로움이야 알 바 없는 손녀였다.

“꼬끼요— 우리 영순이두 수탉을 알 테지?”

동심을 살리려 해도 서글픔이 더 울리는 영감의 꼬끼요 소리
에 오 씨는 급기야 눈시울이 뜨거워졌다. 영감이 손녀보다도 마
누라의 자책감을 씻어주고자 혼신의 힘을 쓸수록 오 씨는 뜨거
워지는 가슴을 주체할 수가 없었다. 어찌 마누라에게 뿐이랴!

오 씨와 한 학교에서 딱딱한 수학 과목을 가르쳐오긴 했지만
학생들에게도 친지들에게도 언제나 그런 인정을 베풀어 사랑
과 존경만을 모아온 영감이었다.

“소쩍, 소쩍….” 그칠 줄 모르는 두견새 소리… 자정도 넘은
고요 속에 두런두런 이솝의 동화를 엮어나가는 영감의 고뇌
어린 목소리….

‘아니, 그날 내가 그 역을 떠나지만 않았어두 이런 참화는 혹
시….’

부지중 오 씨의 상념은 또다시 잊지 못할 엊그제의 그날로
치닫기 시작한다….

*

역을 떠난 오 씨는 신작로에 들어서서야 도로에도 ‘1호 행사

령'이 떨어졌다는 것을 알았다. 철길과 숨바꼭질하며 해안선과 나란히 뻗어나간 도로에는 자동차는 물론 행인 그림자 하나 얼씬하지 않았다. 원천 봉쇄당한 도로에 오 씨 혼자 어쩌다 중도에서 숨어든 셈이니 그럴 수밖에 없었다. 도대체 도로에 내려진 '1호 행사'란 또 뭔가. 김일성이가 둘이라도 된단 말인가! '고양이'들은 여기 도로상에도 요소마다에 배겨 있었다.

오 씨는 15리 남짓한 거리를 걷는 동안에도 네 차례나 그들의 문초를 받아야 했다. 그때마다 오 씨는 늙은이라는 것을 유일한 방패로 막무가내로 떼를 썼다. 까딱하면 무슨 봉변을 치르게 될지 모르는 이때에 어떻게 곧이곧대로만 살아가랴! 오 씨는 난생 처음 품어보는 엉큼한 마음으로 잘 들리는 말에도 "예? 예?" 하고 귀먹은 티를 냈다. 저기 보이는 동네에서 요 윗마을에 가는 늙은이인데 증명서는 무슨 증명서냐고 재삼 한심하다는 듯 푸념을 늘어놓기도 했다. 그러는 오 씨를 어떤 곳에서는 눈알을 부라리고 떽떽거리며 죄인 다루듯 했고 또 어떤 곳에서는 언행은 곰살궂으나 삵의 그것같이 매서운 눈길로 머리에서 발끝까지를 올리훑고 내리훑고 하였다. 하나 매번, 오 씨가 어느 숲속에 날쌔게 숨어들며 강철 총구로 저격을 하거나 신작로에 폭탄 장치를 할 그런 위인이 못 된다고 판단했던지 "가오" 하고는 뒤에다 오금을 박아대곤 했다.

"가되 신작로 밖으로 조심히 가란 말이오. 멀리서 승용차 소리만 나면 아무 데나 제꺽 숨어버릴 수 있게스리. 알갔소?"

"예, 예."

오 씨가 질금거리는 비를 맞아대며 그렇게 네 번째 문초까지 넘기고 나서 철길과 바다 사이를 비집고 나간 어느 석비레* 길을 걷고 있을 때였다. 정말 등 뒤에서 불시에 승용차 경적 소리가 들려왔다. 피끗 돌아보니 까만 승용차 대열이 신작로에 쭉 늘어서 달려오고 있었다. 오 씨는 소스라치게 놀랐다. 바다를 내려다보며 신작로 오른쪽에 총총히 들어선 소나무숲의 설레임이 차소리를 미처 듣지 못하게 한 것 같았다. 오 씨는 천방지축 신작로를 벗어나려 했다. 지금까지는 풀덤불에 걸려 넘어지고 논밭의 흙밭에 발이 빠지면서도 고양이들의 요구를 지켜 신작로 밖으로만 걸어왔다. 그러다가 철길 쪽으로도, 바다 쪽으로도 걸을 공간이 없는 곳이어서 할 수 없이 신작로에 들어섰던 것인데 하필이면 꼭 여기서 심상찮은 승용차들이 자기를 따라잡게 되다니… 오 씨는 무슨 큰일을 저지르게 되는 것만 같아 가슴이 두방망이질치기 시작했다. 그러는 새 벌써 두 대의 승용차가 옆으로 스쳐지나갔다. 빽ㅡ 소리가 났다. 오 씨는 자기도 모르게 고개를 홱 돌렸다. 앞의 차를 따라 연줄연줄 멎어서는 긴 승용차 대열이 눈에 언뜻 안겨왔다. 오 씨는 못 볼 것을

---

* 푸석푸석한 돌이 많이 섞인 흙.

보기라도 한 듯 시선을 돌리며 소나무숲을 향해 신작로 도랑을 건너뛰려 했다. 그런데 차문 열리는 소리에 잇달려오는 누군가의 목소리가 오 씨의 발목을 붙잡았다.

"할마이, 어버이 수령님께서 할마이를 부르십니다."

오 씨는 돌아섰다. 무엇에 뒤통수라도 되게 얻어맞은 듯 머리가 띵해지며 눈앞이 캄캄해왔다.

"아니웨다, 아니웨다."

오 씨는 무엇을 밀어내듯 두 손을 가슴 높이에 들어 허우적거리며 자기도 뜻 모를 말을 거듭 중얼거렸다. 그러는 사이 차츰 눈앞이 조금씩 밝아지며 마주선 사람이 시야에 안겨오기 시작했다. 옷차림도 생김새도 강철막대같이 나무랄 데 없는 사나이가 웃는 얼굴로 오 씨의 한쪽 팔목을 가볍게 잡아준다.

"자, 어서요." 사나이는 오 씨를 이끌었다. 오 씨는 폴싹 주저앉혀질 듯 오그라드는 사지를 겨우 가누어가며 멎어선 승용차 옆까지 허정허정 이끌려갔다. 하나같이 깔끔해 보이는 사나이들이 차 주변에 주렁주렁 서 있었다. 그중에서도 승용차 문짝 하나를 다 가리고 선 한 우람진 몸집이 눈에 유효하게 안겨왔다. 신발로부터 중절모에 이르기까지 안개발이 팔팔 이는 백금빛 옷차림을 하고 서서 연한 요오드빛 색안경 너머로 마주 오는 오 씨 쪽을 바라보고 있는 사람―그는 분명 초상화와 텔레비전에서 늘 보아오던 '어버이 수령 김일성'이었다. 김일성은 풍만한 배 옆 언저리에 두 팔을 러시아 문자 Φ 자처럼 둥그렇게 구부려 붙이고 서서 소나무 숲속에서 불어나오는 바닷바람이 시원해서인지, 아니면 불면 날아갈 듯 왜소한 오 씨가 타박타박 이끌려오는 모습이 우스워서인지 빙그레 웃음을 지으며 서 있었다.

오 씨는 어쩐지 자기 몸집이 갑자기 말린 대추알만 하게 졸아드는 듯함을 느끼며 김일성의 댓 발짝 앞에서 폭싹 무릎을 꿇었다. 동시에 그의 입에서는 감겨 있던 태엽이 풀리듯이 줄줄이 말이 새어나왔다.

"어버이 수령님의 만수무강을 삼가 축원합니다."

이 하늘 아래에 머리를 두고 사는 사람이라면 누구나 탁아소 때부터 외우고 외워야 했던 말이어서였던지 이런 와중에도 그 말만은 오 씨의 입에서 그처럼 거침새 없이 흘러나왔다.

"어, 감사합니다."

걸걸하는 목소리가 오 씨의 머리 위에서 들려왔다.

"부관, 일으켜. 일으켜."

강철막대가 오 씨의 팔을 잡아 일으켰다. 멎어선 차들에서 웬 사람들이 줄레줄레 이리로 모여들고 있었다.

"어딜 가시길래 이렇게 길을 걸어 떠났습니까?"

깊은 동정이 울리는 김일성의 목소리였다.

녹음기들이 돌아가고 사진기들이 번쩍거렸다. 사방에서 촬

영기들이 차르륵거렸다. 그것들이 오 씨를 더욱 당황케 하였으나 김일성의 물음 앞이라 정신을 바싹 가다듬었다. 오 씨는 더 듬거리면서도 사연을 간단히 아뢰었다. 물론 1호 행사로 역에 갇히게 된 차에 겸사겸사해서 떠나게 되었다는 말만은 숨기는 것을 잊지 않았다.

"아, 그랬구만요" 하고 김일성은 오 씨의 대답에 벙글벙글 웃음을 앞세우며 머리방아를 찧었다. 그러고 나서 계속했다.

"헌데 순수 그 멧돼지열 때문이라면 여기서 우리 차를 타구 곧장 댁으로 가고 맙시다. 우리 차가 마침 댁 쪽으로 가게 되니 말입니다."

"아니옵니다, 아니옵니다. 수령님!"

"딸의 해산은 염려 안 해도 됩니다. 우리가 평양산원에 가도록 돕겠습니다."

"아니옵니다. 그런 게 아니오라 저 같은 것이 어떻게…."

"일없습니다. 나도 인민의 아들입니다. 우리 인민이 꼬박꼬박 걸어다니던 지난날을 생각만 해도 가슴이 아픈데 좋은 여행 조건이 다 마련되어 있는 이 우리 세월이야 무엇 때문에 또 걸어다니겠습니까. 자, 어서 탑시다."

오 씨는 참 난감했는데 타자니 어망처망스럽고* 그러지 말

* 어망처망하다. 너무도 어마어마하고 끔찍하다.

자니 무엄스러웠다. 그런 진퇴양난에서 오 씨를 조금이나마 구원해준 것은 옆구리에 납작한 서류가방을 끼고 승용차 뒤켠에서 있던 한 굽실머리 신사였다.

"수령님, 할머니가 수령님 차엔 오르기 어려워 그러는 것 같은데 저희 차에 모시구 따라가도록 하겠습니다."

"그게 좋을 것 같습니다."

굽실머리의 청원에 강철막대가 찬성을 표했다.

"그래? 허긴 그게 노인님 마음에 더 편할지도 몰라… 그럼, 노인님. 제 차에 탄 셈치구 뒤차에 오르십시오."

김일성은 말을 마치자 역시 벙글거리는 얼굴로 오 씨의 잔등을 다정히 뒤차 쪽으로 떠밀어주기까지 했다. 그 후 어떻게 번쩍거리고 차르륵거리는 소리를 뒤로하고 어떻게 굽실머리의 부축을 받으며 승용차에 올라앉게 되었는지는 오 씨 자신도 기억할 수가 없었다. 밖에서는 그저 컴컴하게만 보이던 차창이 안에 들어와보니 무슨 물속에라도 들어선 듯 더할 나위 없이 시원스레 바깥이 내다보였다. 푹신한 의자에 온몸이 빠져드는 듯했다.

값진 향내가 은은한데 차 안 어느 쪽에서인가 역시 그 향내처럼 은은한 음악이 들릴 듯 말 듯 울려나오고 있었다. 오 씨는 차가 언제 떠났는지 알 수 없었다. 미끄러지듯 그렇게 유연스레 차가 자리를 떴던 것이다. 오 씨는 꿈을 꾸는 것만 같았다.

한 걸음을 옮기려고 해도 천신만고를 해야 하던 가시밭에서 불시에 이런 호화판에 들어앉게 되다니! 어디 자기뿐인가. 이제 딸도 평양산원에 가서 해산을 하게 된다니 꿈이 아니고서야 어떻게 이런 일이 있을 수 있단 말인가!

"할마니! 기분이 어떻습니까?"

운전사 옆자리에 앉은 굽실머리가 뒷좌석 쪽으로 비스듬히 몸을 돌려주며 웃는 얼굴로 묻는 말이다.

"예, 예. 저야 걸어가두 일없는걸… 괜히 어른들께….''

"그런 말 말고 수령님 말씀대로 맘 편히 앉아 가십시오. 이제 해안 경치가 끝나는 지점부터는 우리 모두가 열차편으로 이용하게 됩니다. 하지만 할머님만은 이 승용차로 집까지 모셔다드리라는 수령님 말씀이 계셨습니다."

"아니?… 제발… 전… 일없습니다."

"할머니! 정말 하늘보다 높고 바다보다 깊은 것이 아닙니까. 수령님의 이 사랑이!"

"이를 데 있는 말씀이신가요."

오 씨는 대답보다 더 많이 몸을 조아렸다. 그리고 자기가 금시 뭐라고 대답했던가를 기억해보려 한참이나 애를 썼다. 승용차는 나는 듯이 달리고 있었다. 코가 땅에 닿도록 절이라도 하는 듯이 소나무며 전봇대들이 획획 차창 밖으로 날려갔다.

그렇게 한 이십 분이나 달렸을까 했을 때였다. 뿡- 하는 기적소리에 이어 승용차 왼쪽 차창 밖으로 찬란한 열차 행렬이 나타났다. 창문마다에 흰 커튼을 드리우고 지붕이며 승강구가 눈부시게 번쩍이는 처음 보는 열차였다. 오 씨의 머리에는 해안 경치가 끝나는 지점부터는 열차편으로 이용하게 된다던 굽실머리의 좀 전의 목소리가 다시금 떠올랐다. 분명 지금 승용차 대열을 따라 앞지르고 있는 저 열차가 김일성이 이제 갈아타게 된다는 그 특별열차임에 틀림없었다. 오 씨는 이제 와서야 철길에 내려진 1호 행사는 뭐고 도로에 내려진 1호 행사는 뭔지를 똑똑히 깨달을 수가 있었다. 알고 보니 김일성은 지금 철길도 도로도 동시에 이용하며 이 길을 달리고 있는 것이었다. 철길 쪽이 좋을 때는 열차를 타고 해안 경치가 아름다운 이런 데서는 승용차를 굴리면서….

"음!… 나들이에야 그래두 열차가 제일이지."

굽실머리가 열차의 출현을 기뻐하며 누구에게라고도 없이 중얼대는 소리였다. 오 씨도 그에 못지않게 특별열차가 반가웠다. 이젠 1호 행사가 해제된 셈이니 일반 열차들이 역을 통과하게 될 것이었다. 하나 그 반가움은 순간이었다. 특별열차의 기다란 꼬리가 쿵탕거리는 여운을 남기며 시야에서 사라져 가자 오 씨의 눈앞엔 불쑥 끔찍한 환영이 떠올랐던 것이다. 첫 개찰을 시작한다는 소리에 폭탄 튀듯 뒤집혀 오르는 역 대합실! 비와 기다림과 굶주림에 지칠 대로 지치다 못해 이젠 넋마저 잃을 정도가 된 사람사태가 창문들과 출입문으로 격지격지 무너져 나온다. 터널처럼 길쑥한 개찰구는 순식간에 사람바다로 변해버린다. 와와 밀고 당기는 속에 우지끈지끈 개찰구 벽이 통째로 나자빠진다. 차표고 뭐고 뒤엉켜 밀려나가는 사람홍수… 그 속에서 영순이를 등에 업은 영감의 흰머리가 숨바꼭질하듯 몇 번 들숭날숭한다. 한쪽 팔을 허우적거린다. 그러다 끓는 죽가마에 떨어진 주걱처럼 되어버리고 마는 영감의 형체!… 비명, 아우성….

"영순아!"

오 씨는 부르짖었다. 그러고는 깜짝 놀라며 환각에서 깨어났다. 승용차 안의 그 누구도 오 씨에게 주의를 돌리지 않는 것으로 보아 다행히도 영순이라는 소리를 입밖으로는 내지 않은 모양이었다. 조용한 발동 소리가 승용차 안에 달콤한 피로를 불러오고 있었다.

*

"여보!"

반듯이 누운 채로 찾는 영감의 목소리가 오 씨의 생각을 깨웠다.

"애가 잠든 게 아니오?"

오 씨는 무릎 위의 손녀를 내려다보았다.

"네, 잠들었수."

"허, 옛말은 나 혼자 했구만."

"수고했수. 영감님두 이젠 좀 쉬시우."

"잠인들 어디 오우."

"글쎄 영감님과 이 애가 그런 참변을 당하고 있을 때, 이 망령된 건 호사스레 승용찰…."

"또또… 그런 얘긴 그만두래두. 그럼 셋이 다 욕을 봐야 했겠나?… 쓸데없는 그런 생각 다시는 말라구요."

"에휴! 언제면 이 애두 그렇구 모두 성한 몸들이 되겠는지원."

"가만."

영감이 갑자기 귀를 강구더니* 놀라는 소리를 냈다.

"저게, 저 들리는 게 당신 목소리 아뇨?"

오 씨는 영감이 놀라는 이유를 알고도 남음이 있었다. 동구 밖 확성기에서 지금 오 씨의 목소리가 울려나오고 있었던 것이다.

"…그래서 저는 신작로에 멎어선 승용차 곁으로 이끌려가게 되었다. 그런데 그 승용차 옆에 어버이 수령님께서…."

---

* 강구다. 주의하여 듣느라고 귀를 기울이다.

172

그것은 오 씨가 나흘 전에 주워섬겼던 말이었다. 그날 승용차에서 내린 오 씨가 집에서 먼저 맞다들게* 된 것은 영감, 손녀의 소식에 앞서 수없이 쏠어들었던 기자들의 성화였다. 오 씨는 집요한 그들의 마이크 앞에서 입을 열지 않을 수가 없었다. 하여 라디오와 텔레비전에서 벌써 이틀째나 불어대는 그 소리였으나 역 철도병원과 군병원을 거쳐 어제저녁에야 집에 와 눕게 된 영감에게는 그것이 첫소리였던 것이다. 그간 오 씨를 통해 알고는 있었지만 방송으로는 처음 듣는 영감이고 보면 가히 놀랄 만도 한 일이었다.

영감은 놓칠세라 긴장해서 방송 소리에 귀를 기울이고 있었다. 오 씨는 그 무슨 못할 짓을 하다 들킨 사람처럼 얼굴이 화끈거렸다. 쥐구멍에라도 찾아들고 싶도록 마음이 옹색해졌다. 확성기에서 울려오는 자기 목소리가 영감, 손녀의 아픈 상처에 칼질을 해대는 것만 같아서였다. 같은 시각에 죽을 고비를 넘어온 사람 앞에서 자기는 행복 타령을 하고 있으니 그것이 아픈 상처에 칼질을 해대는 것이 아니고 무엇이랴!

오 씨는 그 방송이 어서 끝나기를 바랐다. 벌써 며칠째인가… 그런데도 확성기는 온 세상 사람들의 귀에 못 박일 때까지 하고야 말겠다는 듯 그냥 지지벌거리고 있다.

---

* 맞다들다. 정면으로 마주치거나 직접 부딪치다.

"…이렇게 어버이 수령님께서는 저를 끝내 승용차에 태워주시고서야 길을 떠나셨습니다."

드디어 오 씨의 목소리는 끝났다. 그러자 이번엔 열기 띤 방송원의 목소리가 영감, 손녀의 상처 앞에 새로운 칼을 빼들고 나섰다.

"듣습니까, 청취자 여러분! 우리 수령님, 우리 사회주의 제도에 대한 다함 없는 감사의 이 목소리를! 정녕 어버이 수령님의 이런 사랑의 품이 있어 이 땅, 하늘과 바다 그 어디에나 우리 인민의 불편 모르는 행복의 여행길 활짝 열려졌고 그 여행길 위에 오춘화 노인과 같은 이런 행복의 웃음소리 높이높이 울려퍼지고 있는 것입니다."

이어 풍작거리는 노랫소리가 뒤따랐다.

달려라 달려라 렬차여 달려라
기차 소리 울리면 사랑하는…

"음!"

불시에 울리는 영감의 높은 신음 소리가 방송 소리를 밀어내며 방 안에 진동했다.

"소쩍, 소쩍…."

그동안 뜸해 있던 두견새가 다시 울음을 터트렸다. 오 씨는 말 못할 아픈 사연을 핏덩이로 내뱉는 듯한 그 소리가 영감의 가슴에서 울려나오고 있는 것만 같았다. 눈 번히 뜨고 손녀의 다리와 자신의 허리뼈를 분질러뜨려야 했던 그 아픔이 어찌 골수에 사무쳐오지 않으랴. 하물며 '행복의 여행길 타령'이 상처를 마구 휘저어대고 있는 지금에서랴!

영감은 어제 손녀와 함께 병원에서 실려와 집에 눕게 되자 자기가 그 역에서 겪었던 일을 자상히 들려주었다. 그 말에 의하면 승용차 안에서 오 씨의 머리에 떠올랐던 환각은 환각이 아니라 거의 현실 그대로였다. 다만 조금 일치하지 않는 점이 있다면 개찰구 벽이 밀려난 것이 아니라 개찰구 출입문 네 개가 거의 동시에 나자빠진 것이었고 영감이 손녀를 업은 것이 아니라 가슴에 껴안은 채 인파에 깔려버렸다는 그것뿐이었다. 그 살풍경 속에서 배가 아프다던 임신 중의 그 새각시는 어떻게나 되었는지? 하기야 그 난리 속에서 허리와 사지를 비틀리우고 낙태를 하게 된 것이 어찌 영감, 손녀나 그 새각시뿐일라구….

그런데 합치면 구천에도 차고 넘칠 그 고통의 아우성은 다 어디로 사라지고 밖에선 지금 저처럼 '행복의 웃음'소리만이 누리를 울려대고 있는 것이냐! 그것도 결국은 양쪽 손톱을 동시에 뽑히우는 듯한 고통을 당한 오 씨를 선창자로 하는 '행복의 웃음'소리가! 세상에 이런 일도 있을 수 있을까? 그 어떤 잔학한 마술의 힘이 아니고서야 어떻게 이처럼 뭇사람들의 고통의 울부짖음을 '행복의 웃음'으로 둔갑시킬 수가 있단 말인가.

오 씨는 별안간 몸서리를 쳤다. 불시에 그 잔학한 마술을 부리고 있는 마귀의 영상이 눈앞에 확 떠올라서였다. 유들유들한 살집이 엄청나면서도 그 행동거지가 여유작작할 대로 여유작작한 눈앞의 늙은 마귀! 그 마귀는 금방 능란한 솜씨로 오 씨를 기재로 하는 '행복의 웃음'이라는 마술을 끝낸 데 이어 이번엔 산원에서 해산한 오 씨의 딸을 기재로 하는 또 한차례의 같은 내용의 마술을 준비하느라 이리 어기적 저리 어기적 하고 있었다. 오 씨는 다시 한 번 몸서리를 쳤다. 이 땅의 모든 사람들이 오늘까지 바로 그 마귀의 마술 속에서 진실과는 판이한 완전히 전도된 삶을 살아가고 있었던 것이다.

"이야, 이야."

새된 소리를 지르는 손녀의 목소리에 오 씨는 와닥닥 제정신으로 돌아왔다. 그러나 무릎 위의 손녀는 잠꼬대를 했을 뿐 그대로 숨소리가 고르로웠다. 아마도 꿈속에서 다리뼈가 두 번째로 부서지기라도 하는 모양이었다.

"그 애가 잠꼬댈 그렇게 하나?"

영감도 오 씨처럼 자기 나름의 상념에 쫓기다가 손녀의 목소리에 깨어난 듯싶었다.

"예, 잠꼬대웨다. 아 이젠 그만… 영감님도 어서 좀 잠을 청하시라는데두요."

오 씨는 분명 저리고 쓰린 생각에 쫓기고 있었을 영감의 마음을 조금이라도 쓰다듬어주고 싶었다.

"기왕 저질러진 일 자꾸 생각한들—"

"원, 내가 생각은 무슨 생각을 한다구…."

영감이 덤비듯 받아넘기는 소리였다.

"방송 소린 방송 소리구… 난 그 애가 깨나면 이번엔 무슨 옛말을 들려주나 하구 옛말을 고르던 중인데 그러네."

역시 어질기만 한 영감이었다. 그는 지금 자기가 더듬고 있던 아픈 생각을 숨기고 오 씨의 옹색할 마음을 위로하려 옛말 너울을 쓰고 나서는 것이었다. 그러나 오 씨는 영감에게 구태여 그 너울을 벗겨내고 싶지 않았다. 차라리 자기도 그런 너울을 쓰고 나서는 것이 괴로운 이 밤을 잠시나마 마음 편히 보내는 데 십상일 듯싶어서였다.

"하긴 이제 깨어나면 애가 또 옛말을 조를 거웨다. 무슨 애가 옛말이라면 그리도 오금을 못 쓰는지 원!"

"다행이지. 그런 진통제라두 지금 그 애에게 있다는 게."

"그러나 염려 마시우. 옛말은 내가 준비해놨으니까요."

"허허… 또 푸시킨?"

"아니웨다. 이번엔… 복마전 얘기웨다."

"복마전…을!? 마귀가 엎드려 있는 집에 대한 얘기라!…"

"예. 먼저 들어보시려우?"

"허— 난 영순이가 아닌데."

"진통제야 지금… 영순이한테만 필요한 것이 아니잖수."

오 씨의 말끝은 코멘소리였다.

"그럼 내 영순이가 된 셈치지."

영감의 대답에서도 물씬 물기가 풍긴다. 오 씨는 그냥 떨려 나오려는 목소리를 겨우 다듬어가며 생각나는 대로 이야기를 엮기 시작하였다.

"옛날 어느 곳에 열 길 울타리를 빽빽이 둘러친 한 동산이 있었다우. 거기선 늙은 마귀가 수천의 종들을 거느리구 있었구요. 한데 놀라운 건 그 동산의 열 길 울타리 안에선 언제나 웃음소리밖에 들려나오는 것이 없었다는 거였어요. 사시절 하하호호 하고 말이지요. 그건 바로 늙은 마귀가 자기의 종들한테다 온통 웃는 마술을 걸어놓았기 때문이었다나요. 왜 그런 마술을 걸어놓았냐구요? 그야 물론 종들을 학대하는 자기 죄행을 가리우구 우리 동산 사람들은 이렇게 행복합니다 하는 속임수를 쓰기 위해서였지요. 그러자고 다른 동산 사람들이 넘볼 수도, 드나들 수도 없게 열 길 울타리두 쳤던 거구요. 그러니 글쎄 생각 좀 해보시우. 그 동산 사람들의 입에서는 어디가 아프거나 슬퍼서 엉엉 울어도 그것이 하하호호 하는 웃음소리만 되어 나왔으니 세상에 그처럼 악한 마술이 어디 있고 그처럼 무시무시한 동산이 또 어디 있겠수."

오 씨는 자기도 모르게 또 코멘소리가 나오기 시작했다. 옛말거리로 잠시나마 마음 편한 시간을 얻어보려던 타산은 헛된 짓이었던 것이다. 밤은 깊었건만 확성기에서는 다른 그 무슨 '행복의 웃음'소리가 또 울려오고 있었다. 그럴수록 오 씨의 머리에서는 옛말 아닌 옛말 줄거리가 줄줄이 솟구쳐 오르고 있었다.

1995. 12. 30.

무
대

확성기에서 연속 울려나오는 '추도곡'이 비 내리는 시 거리에 무겁게 흐른다. 그 소리는 시 보위부 회의실에도 흘러들며 가뜩이나 침통한 분위기에 비장함을 더해주고 있다.

오늘따라 회의실은 발언자들의 목청을 유난히 징징 울리게하는 듯하고 천장에 늘어진 구슬등마저도 줄줄이 눈물을 흘리고 있는 것만 같았다. 빗소리, 바람 소리… 물줄기 촬촬 흘러내리는 창유리 밖에서 구새* 먹은 한 그루 수양버들이 갈갈이 머리칼을 흩날린다. 문득 바람이 한숨 돌릴 때면 주룩주룩 높아지는 낙숫물 소리가 청승스레 곧장 회의실로 쏟아져 들어온다.

이 모든 것들은 서로 구색을 돋우며 '추도'라는 말을 어찌도 짙게 부각해주는 것이었던지 회의 참석자들은 자신들이 현실

---

* 오래 자란 나무의 속이 썩어서 구멍이 뚫린 것.

세계가 아닌 그 어떤 연극의 한 장면 속에라도 직접 뛰어들어 앉아 있는 것만 같았다.

"그런데, 응?"

비통한 회의장 분위기에 말려들어 잠시 잠시 침묵을 지키는 동안 감정 변화라도 했던지 시 보위부장의 목소리는 좀 전의 징징 울던 목소리를 떠나 첫마디부터 쇳소리를 내기 시작했다.

"위대한 수령님 조의에 시내 꽃밭을 몽땅 들장냈다구 해서, 그래서리 이 장마철에 사태에 묻히고 독사에 물리면서까지 산꽃 들꽃을 다 꺾어 드린다고 해서 응, 모두가 충신들이구나! 하구 우리가 맘을 놓을 수가 있는가? 절대로 그럴 수 없다는 거, 타도를 먹여야 할 대상이 바로 우리 보위부 가족 내에서도 발로되구 있다는 거, 응? 울다 죽어도 슬픔을 못다 풀 이때 꽃 꺾으러 다닙네 하고 산으로, 들로 다니며 음주, 연애, 응?"

부장은 지금껏 때때로 눈물, 콧물을 찍어내느라 손수건을 움켜쥐고 있던 자기 체구처럼 작고 통통한 주먹으로 까부시듯 연탁 모서리를 내리쳤다. 물컵이 균형을 겨우 유지하며 앉은 뜸을 했다.

"교훈은 뭔가, 위에서도 강조했지만 수령님 장례식이 연장되는 이 기간에 우리는 정보원들을 더욱 각성시켜야 한다는 거, 그래서 그들을 통해 우리들 각자가 가지고 있는 백 개, 천 개의 눈과 귀와 호된 주먹들이 그 어느 때보다도 맹활약을 해야 한다는 거, 그래야만 그 어떤 도깨비도 대가리를 쳐들지 못하게 된다는 거 다시 한 번 강조하면서리 내 말은 이상."

부장은 이어 탁— 하고 '사업일지'를 닫았다. 그리고 역시 절도 있는 동작으로 연탁을 두드리며 덧붙였다.

"연합기업소 주재원은 날 만나고 가라우."

낮으나 누구나 다 들으라는 듯 표표한 목소리였다.

"인자 연합기업소라고 했소?"

창문 옆 좌석에서 이렇게 중얼대며 곁에 앉은 안경쟁이를 돌아보는 사람이 있었다. 왜소하고 캄캄하게 마른 연합기업소 보위주재원 홍영표였다. 그는 "그렇소" 하는 안경쟁이의 대답과 함께 자기에게 집중되어오는 장내의 뭇시선을 느꼈다. 그것은 물론 부장이 금방 '우리 보위부 가족 내에도'라고 한 말의 주인공이 바로 너였구나 하는 시선들이었다. 그 시선 속에 회의장을 나서는 홍영표에게는 음주, 연애라던 부장의 말과 함께 아들 경훈의 얼굴이 눈앞에 어른거리고 있었다.

"이건 우리 직속 정보원들이 물어들인 거요."

부장이 자기 앞에 와 선 홍경표에게 종잇장 하나를 흔들어 보이며 가시돋힌 목소리로 시작하는 말이었다.

"위대한 수령 김일성 동지의 조의 기간에 연합기업소 노동자 홍경훈은 백련산 논골에서 꽃 채취 중 같은 공장 처녀 김숙이의 손목을 잡고 다니며—"

"김숙이요?"

"마저 듣소, '술까지 마시었다.' 들었소? 바로 그게 증거물이오" 하며 부장이 턱으로 홍영표가 마주선 앞상 위에 놓여 있는 손바닥만 한 비닐병을 가리켰다. "정보원이 증거물로 주워온 거니 맡아보오. 상기 술내가 물씬 날 거요."

하나 홍영표에게서는 그까짓 술병이 문제가 아니었다. 김숙이라니? 어느 김숙이?… 큰 김숙이? 아니 그 처녀와야 설마 또… 그럼 작은 김숙이…? 제발 부장이 그 이름들까지는 따지지 말아주었으면!

"옳소. 맡아보나 마나일 거요."

다행히도 부장이 홍영표의 표정을 보고 제 나름의 판단을 하며 딴 방향의 말을 꺼내었다.

"그래 홍 동무 생각엔 어떻소, 이 사고가 일반사고인가 아니면 정치사고인가?"

"정치사고지요, 물론. 지금이 어느 땝니까? 지금이! 애통하게도 수령님께서…."

오랜 간염으로 까칠하니 여윈 홍영표의 까무잡잡한 두 볼로 마치 준비해두었던 그 어떤 기계장치에서 물이 쏟아져 나오듯이 줄줄이 눈물이 흘러내렸다. 그것은 홍영표 자신도 잘 이해할 수가 없는 눈물이었다. 어쩌면 마음속의 사발만 한 슬픔이 이처럼 물동이 같은 눈물을 빚어내 보내줄 수 있단 말인가! 물론 부장 말에서는 천금 같은 눈물이었겠지만…… 정말 그 눈물의 가치는 컸다.

"됐소, 됐소."

갑자기 부장에게서도 코멘소리가 나왔다. 그러나 인차 진정되었다.

"사실은 벼락을 좀 내리자고 했댔는데 홍 동무의 그 맘을 보니 그럴 필요가 없겠소. 에둘러서이긴 하지만 방금 그 회의에서도 되게 때렸고…."

부장은 관대해지던 마음 끝에 간염으로 삭정이같이 말라가는 자기 대원에 대한 동정심마저 솟은 듯 목소리는 더 부드러워졌다.

"날래 가보오, 그 비닐병은 우리 식구 일이길래 내가 직접건사했던 거니 가지구 가오. 아들 녀석의 정신을 들이기 위해서 말이오."

"고맙습니다. 고맙습니다."

홍영표는 거푸 두 번이나 경례를 하고 부장실을 나왔다.

비바람은 그하냥이었다. 현관 출입문 밖 넓은 채양 밑에 많은 사람들이 주렁주렁 비에 갇혀 서 있었다. '제길, 모두 속통들이 태평인 모양이지.' 홍영표는 속으로 중얼대며 내처 걸었다. 발밑에서 흙탕물이 절벅거렸다. 턱에서 물줄기가 날려갔다. 옆구리가 또 뜨끔거리기 시작한다. 병들다 못해 이젠 굳어지기 시작한 간이 흐려진 기분과 널뛰기라도 하는 모양이다.
하나 홍영표는 지금 여느 때처럼 그렇게 찌르는 듯한 통증까
지는 다 느끼지 못하고 있었다. '불치의 병'은 자기보다도 아들
이 더 급한 상태였던 것이다. 바지주머니 속에서 두 벽이 마주
붙도록 비닐병을 꽉 움켜쥐고 걷는 홍영표의 귓가에 누군가의
목소리가 되살아온다.

"아들을 정신들이기 위해서…."

하나 그것은 조금 전의 시 보위부장의 말이 아니라 제대되
기 전의 군부대 보위부장의 말이다.

"…아들을 정신들이기 위해 정치범 수용소가 아니라 적당
한 구실을 붙여 생활제대*를 시키게 해준 것은 당신과 동업자
인 나로서 취해줄 수 있는 최대의 관대한 조치였음을 알아주
기 바랍니다. 이 편지와 동봉하여 보내주는 아들의 '진술서'를
보노라면(무엇인가 아는 주정이 느껴지는) 이상의 모든 나의 말
들이 충분히 이해되리라 봅니다…."

홍영표는 그때 편지를 뜯어 읽고 나서 떨리는 손으로 다시
아들의 진술서를 펼쳐 들었었다.

…저는 이번에 당과 위대한 수령 김일성 원수님 앞에 엄중

----
* 불명예 제대.

한 죄를 지었습니다. '자유'를 불어대는 남조선 괴뢰들의 대북 방송에 내 머리가 썩었기 때문이라고 한 보위부장 동지의 말씀도 인정합니다. 군무자예술축전 준비를 위해 이곳 사단 정치부에 동원되어 오기 전까지 38연선 민경초소에서 군무하는 동안 제가 놈들의 대북 방송을 들어야만 했던 것이 사실이기 때문입니다. 방송 소리는 그 어디도 가리지 않고 꽝꽝 날아오는데 그렇다고 귀를 틀어막고 살 수는 없었던 것입니다. 제가 이번 죄를 짓게 된 것은 지난번 토요일 저녁이었습니다. 그날 우리는 정치부 부장 동지를 모시고 진행한 중간 시연회 끝에 비판을 받고 밤늦게까지 처벌훈련을 하게 되었습니다.

"오늘 시연회는 2점이야. 모든 게 어색하단 말야. 나도 이젠 들은 풍월이 있어서 무대자감舞臺自感이라는 게 뭐라는 것쯤은 알고 있어. 무대에서 꾸며지는 연극을 배우들이 진짜처럼 표현하게 해주는 그것이 바로 무대자감이라는 거 아닌가. 말하자면 거짓을 진짜로 표현하는 응? 그래, 모든 장면이 어색하지만 동무들의 그 어디에 이런 무대자감이 있어? 있을 수 있는가. 오직 무서운 자기 통제와 감독하에서만 생겨나게 되는 게 무대자감인데 훈련을 전부 날라리판으로 벌이니 말이야, 응?"

정치부 부장 동지는 그날 저녁 이러시며 저희들에게 처벌

훈련 명령을 내렸던 것입니다. 우리는 힘들고 배고팠기 때문에 서로 불평도 많이 했지만 다시 훈련도 열성적으로 했습니다. 그렇게 밤 10시 되었을 때 부부장 동지가 다시 나왔습니다. 처벌훈련을 제대로 하고 있는가 알아보기 위해서였나 봅니다. 그때는 마침 우리 화술조가 무대에 서고 기타조는 훈련 차례를 기다리며 객석에 앉아 있었습니다. 부부장 동지는 열성껏 훈련 중인 우리들을 보고 마음이 좀 풀렸는지 훈련을 중단시키며 물었습니다.

"처벌훈련 맛이 어때? 힘들지?"

"일없습니다."

모두 힘차게 외쳐댔습니다. 다만 저와 아버지가 어느 도당 간부 지도원을 한다는 오학남 동무만이 꿍해서 입을 다물고 있었습니다.

"배도 고플게구."

"아닙니다."

전보다 더 힘찬 대답이었습니다. 게다가 우멍눈에 꺽다리인 강길남 동무가 "챠, 우리가 게거립*니까? 배가 뽈록하게 저녁 먹은 지 인자 얼마라고" 하자 모두가 "정말입니다" 하며 발뒤축까지 딱 울렸습니다. 나는 그것이 놀랍고 이상스러

---

* 게거리. 염치없이 마구 먹거나 가지려고 탐내는 사람.

웠습니다. 바로 금방 전까지만 해도 훈련 중에 무엇이 발에 걸려 비틀거리게 되자 "강냉이밥이 맥을 쓰나" 하는 강길남 동무의 말에 모두가 와작대며 내 배도 앞뒤 벽이 뽀뽀를 시작한 지 오래됐다느니 뭐니 하고 비꼬는 웃음을 웃던 그들이 어쩌면 그렇게도 상반되는 행동을 진실하게 해 보일 수 있겠습니까. 그거야말로 정말 명배우도 찜쪄 먹을 세련된 무대자감이 깔린 행동이라는 것을 부부장 동지가 알기나 하는지 모를 일이었습니다. 그리고 다른 한편으로 또 이상스러운 것은 아버지가 보위 지도원이고 도당 지도원인 나와 학남 동무만이 왜 '자감'에 익숙하지 못해 부부장 동지 앞에 똥 누는 수캐상을 하고 서 있어야 되나 하는 그것이었습니다. 그러나 부부장 동지는 저의 이런 마음을 아시었던지 모르시었던지 몇 마디 각성시키는 말을 더 하신 다음 썰렁하니 추운 구락부에서 다시 나가버리시었습니다. 11시에 다시 나와 총화지어 들여보내겠다고 하시면서 말입니다. 그런데 11시 반이 지나고 12시가 다 되어오도록 부부장 동지는 나오시지 않았습니다. 우리는 피곤하고 지루해서 더 훈련을 할 수가 없었습니다. 그래서 성악조며 반주조며 모두 해서 40여 명이나 되는 인원들이 생나무 장작의 연기만을 피워올리고 있는 드럼통 난로 주변에 웅게웅게 둘러앉아 추운 대로 졸기도 하고 안 나오는 우스갯소리도 해가며 지루한 시간을 보내고 있었습니다. 뒤집히는 심경을 억지로 누르며 있어야 하는 그런 환경에서는 흔히 그러하듯이 누가 별난 소리를 내며 하품 한 번을 해도 웃음이 터져올랐습니다. 그것은 그 무슨 병적이라고 해야 할 그런 웃음소리였습니다.

누군가는 부부장 동지의 발자국 소리라도 들은 듯 "가만!" 해서 모두가 귀를 세우게 해놓고는 잠잠해진 찰나에 "뿌-웅" 하는 소리를 내서 웃음통을 터뜨려놓기도 하였습니다. 같이 부대끼기도 하고 웃어도 됐지만 나 역시 속은 부글부글 끓어오르고 있었습니다. 우선 이렇게 12시가 넘도록 있게 된 것이 아까 부부장 앞에서 힘들지도 배고프지도 않다고 한 그 대답에 있는 것만 같아 그 대답을 한 동무들에 대한 괘씸한 생각을 참을 수가 없었습니다. 게다가 구락부 내부가 말할 수 없이 내굴고* 추웠습니다. 그보다 신경을 자극하는 것은 배가 썰렁한 것이었습니다. 그런데도 내가 〈우리 중대 가마 마차〉라는 토막극 대본에 따라 온밤 펄펄 끓는 생선죽과 지지고 볶는 것을 푸짐히 먹는 얘기를 해야 한다는 데에 은근히 속이 뒤틀려나기도 했습니다. 내가 홧김에 애꿎은 담배만 또 한 대 붙여 무는데 "자, 이젠 그만 쉬고 토막극부터 또 해보지" 하는 훈련책임자의 목소리가 울렸습니다.

---

* 내굴다. 불길이 아궁이 안으로 들지 않고 되돌아 나오다.

'왜 하필이면 토막극부터야 또…?' 하는 생각에 속이 벌컥 뒤집힌 나는 자신도 모르게 앉았던 자리에서 훌쩍 일어섰습니다.

"가만…… 에이! 내가 멋진 자감 연습극 하나 하겠어."

나는 이러며 껑충 무대로 뛰어올라갔습니다. 무슨 방법으로든 속에서 부글거리는 것을 퍼내지 않고서는 견딜 수가 없었던 것입니다.

"에또- 제목은… 뭐랄까? 웅! 〈아프다 하하하 간지럽다 엉엉〉… 에- 우선 제1장 〈아프다 하하하〉."

나는 터지는 웃음소리를 등 뒤에 들으며 닫힌 두 막 사이를 헤집고 들어가 몸뚱이는 보이지 않게 얼굴만 빠끔히 내밀었습니다. 이렇게 시작된 나의 즉흥극이 어떻게 그처럼 거침새 없이 흘러나왔던지는 나 자신도 지금 다 알 수가 없습니다.

"에- 여러분!"

나는 열에 들떠 외쳐댔습니다.

"지금 여러분들에게 보이지 않는 내 뒤에서는 한 줌이나 되는 바늘묶음으로 알몸뚱이인 내 잔등에다 살짝살짝 바늘침을 놓고 있습니다. 그런데 연출가의 지령은 '웃어!'입니다. 자, 누구든 연출가가 되어주시오."

"웃어!" 하고 누군가 객석에서 소리쳤습니다. 그 소리와 함께 나는 입을 짝 벌림과 동시에 이맛살을 한껏 찌푸렸습니다. 이어 "으으… 흐흐… 하하…"하며 괴상한 표정과 목소리로 울음이 점차 웃음으로 변해가는 과정을 재주껏 그려냈습니다. 모두 죽어라 웃었습니다. 어떤 여동무들은 달싹달싹 앉은방아를 찧으며 앞 걸상 등받이판을 주먹으로 대고 두드려대기까지 하였습니다. 내가 무대막 사이에서 빠져나오며 "다음은 제2장" 하고 소리칠 때까지도 웃음소리는 그칠 줄 몰랐습니다. 그런데 이때 "여여!" 하고 외쳐대며 우멍눈 강길남 동무가 무대로 뛰어올라왔습니다.

"자! 제2장은 내가 해, 내가" 하며 그는 어느새 막 사이로 들어가 내가 했던 것처럼 우스꽝스레 얼굴만을 내밀고 섰습니다.

"동무가…? 좋아!" 하고 나는 수긍했습니다.

"자, 그럼 이번엔…… 그렇지! 이 자갑 연습극의 23학년생인 강격대 동무가 재능을 보여드리겠습니다."

"호호… 23학년생이라는 건 또 뭐예요?"

구석에서 어느 여동무가 소리쳤습니다.

"그건 에 또… 아, 아 그런 건 물을 필요가 없습니다" 하며 나는 연출을 시작했습니다.

"제2장의 제목은… 〈간지럽다 엉엉〉!… 자!… 보들보들한 손이 꼼지락꼼지락 겨드랑이 사이로 기어들기 시작한다. 꼼지락 꼼지락 꼼지락…."

"핫하하하하… 으으… 어어… 엉…."

강길남 동무의 연기는 내 연기에 비할 바가 아니었습니다. 모두 배꼽이 빠진다고 아우성을 쳤습니다.

그렇게 기껏 웃고 나자 모두 가슴이 좀 후련해진 모양이었습니다. 그래서 우리는 이윽고 또 훈련을 시작하게 되었던 것입니다.

이상이 제가 그날 죄를 짓게 된 과정의 전부입니다. 용서하십시오. 이것은 정말 저의 머리가 놈들의 대북 방송에 썩어났기 때문이었습니다. 그래서 보위부장 동지가 진술서에서 명백히 밝히라고 한 대목을 밝혀 쓴다면 다음과 같습니다.

먼저 자감 연습극의 제목을 왜 〈아프다 하하하〉와 〈간지럽다 엉엉〉으로 달게 되었는가 하는 것입니다. 그것은 별생각에서가 아니었습니다. 그저 그때 피뜩 생각난 것이 강길남 동무들이 힘들고 배고프다면서도 전혀 그렇지 않은 것처럼 정치부 부장 앞에서 대담한 거나 나 역시 속이 출출하면서도 푸짐한 〈우리 중대 가마 마차〉를 연기해야 하는 것이나 다 울 것을 웃고 웃을 것을 울어야 하는 거나 같다는 데서였습니다.

다음은 강길남 동무보고 왜 자감 연습극의 23학년 학생이라고 하였는가 하는 것인데 그것 역시 그의 나이가 23세라서 피뜩 떠오른 생각에서였습니다. 참말입니다. 저는 정말 이 일이 보위부에까지 반영될 줄은 몰랐습니다.

　용서를 바랍니다…….

"미물 같은 놈."

　홍영표는 빗물이 입으로 스며드는 것도 아랑곳없이 그때 진술서를 읽고 나서 쓰겁게 내뱉었던 말을 다시 한 번 씹어뱉었다. 보위 지도원의 아들이라고 아무리 무서운 것 모르고 자라왔기로서니 제가 사는 물정을 그리도 모른단 말인가!

　군대 때는 군대라 치고 오늘에 와서까지 또…! 군부대 연극판이나 백련산 골바닥에서가 아니라 천길 땅속에서 찍쩍한대도 뭇사람들의 언행을 모두 사진 찍어내는 이 세상이라는 것, 왜 모르는가 말이다. 정말 그렇게까지도 어리석은 자식이란 말인가. 아니다. 사실은 군부대 보위부장이 '아는 주정'이라고 표현한 것처럼 진술서에는 일부러 얼뜨기인 척했지만 그와는 정반대여서 야단인 아들이었다.

　'대가리가 돌아도 백팔십도로 돌았지. 그놈의 '자유화' 대북방송 바람에. 그러지 않고서야 생활제대라는 딱지를 붙여 안고 와서도 김숙이를 사랑했겠나. 애비가 정치범 수용소에 가 있는 김숙이를!'

　홍영표는 김숙이와의 치정관계를 끊겠다는 다짐을 받아내

느라 아들을 기름짜듯 하던 일이 떠오르자 "에이 쌍!" 하고 다시 중얼대며 턱에서 흘러내리는 빗물을 홱 훔쳐 뿌려댔다. 발길이 언제 집에 와닿았는지 알 수 없었다.

"경훈이 안 왔소?"

홍영표는 문을 열자 몸보다 먼저 말부터 쏘아붙였다.

"글쎄 말예요. 이 빗속에."

남의 속은 알지도 못하면서 아내 김선실이 사색을 지어 보이며 하는 말이다.

"근심도 팔자다."

"뭐요? 근심 안 하게 됐어요? 꽃 꺾으러 갔다가 오늘도 식료공장 사람이 둘이나 돌사태에 맞았대요. 어제 독사한테 물렸다던 강건인민학교 애는 오늘 아침에 끝내 죽구요."

"됐어, 됐어."

홍영표는 자기가 더 잘 알고 있는 사실을 늘어놓는 것이 듣기 싫었다. 김일성에 대한 조의가 시작된 지 일주일도 못 되어 시내 안의 꽃밭이란 꽃밭은 모조리 설거지를 당해버리고 말았다. 가정들의 꽃밭은 물론 거리와 공원의 꽃밭 그 어디에서도 실오라기 꽃 한송이 찾아볼 수 없었다.

조의 첫 시기는 몰랐으나 하루이틀 지나면서부터 사람들은 자기들의 조문회가 은밀히 기록되고 있다는 것을 알게 되었던 것이다. 그러자 하루에 한 번 조문은 누구나 지키는 철칙으로 되었을뿐더러 아침 점심 저녁 삼시 조문하는 사람들까지 생겨나기 시작했다. 시내 인구 50여만 명이 시당으로부터 인민학교에 이르기까지 단위별로 꾸려진 수백 개의 조의장들에 그렇게 꽃을 꺾어 들이다 보니 꽃밭의 꽃이 남아날 리 만무했다. 학교와 직장들에서는 인원을 뽑아 야생화 채취를 내보내는 수밖에 없었다. 자기 단위에 하루 동안 필요한 만큼의 꽃을 따들여야 하는 것이 꽃 채취에 동원된 사람들의 하루 책임량이었다. 아이 어른들이 산과 들판을 헤매고 다녔다. 그런데 계절이 계절이다 보니 여기저기서 사고가 빈번했다. 아내의 근심이 공연한 것은 아니었다. 그래도 홍영표의 입에서는 그냥 모진 말만 튀어나왔다.

"까짓, 그렇게 뒈져 없어지면 차라리 좋지비."

"뭐라구요?!"

"보란 말야."

홍영표는 빗물이 질벅거리는 바지주머니 속에서 비닐병을 꺼내어 방바닥에 내동댕이쳤다.

"무슨 병이게요, 이게?"

"술병이지 무슨 병이야."

홍영표는 이러며 윗방으로 올라가 미닫이문을 꽝 닫아버렸다.

"에그!"

김순실은 말꼭지만 떼놓고 그렇게 안타깝게 만드는 남편에게 못마땅한 시선을 던지었다.

하긴 삼십 년 가까이 한가마 밥을 먹어오는 오늘까지도 옷을 갈아입을 때면 늘 저렇게 사잇문을 꼭 닫아매곤 하는 꽁진 성미의 남편임에라!

"그래, 어쨌다는 거예요? 이 술병이."

김선실은 참지 못해 물었다.

"증거물도 몰라? 증거물! 뽕도 따고… 님도 딴다더니….'

옷을 갈아입느라 갑자르며 하는 목소리다.

"꽃도 따고 님도 딴대. 술까지 잡수시면서."

"경훈이가요? 누구하구요?"

"김-숙-이."

"뭐라구요?!"

김선실은 미닫이문을 왈캉 열어젖혔다. 남편이 바지춤을 후닥닥 끌어올린다. 그러나 김선실의 눈앞에서는 아들이 일하는 공무직장에서 작은 숙이, 큰 숙이로 불리는 두 김숙이의 얼굴만이 쌍방아를 찧고 있을 뿐이었다.

"어느 숙이요? 또 그 큰 숙이하구요?"

"그것까지 알면 내가 지금 이러고 있을 텐가. 어디로든 당장 찾아가 그 새낄 쏴갈기구 말지비."

이어 남편은 홀대바지통만 한 허리가 끊어지게 권총집 달린 가죽혁띠를 졸라매며 혼잣말처럼 중얼거렸다. "차라리 다행이

지비. 얼뜨기 정보원들이 큰 숙이인지 작은 숙이인지까지는 밝히지 못한 것이."

"그러니 설마 또 그 큰 숙이하구야일라구요."

"뭘 보구?"

"그야 둘 사이를 갈라놓느라 별 수단 다 써본 당신도 모르는 걸 내가 어찌 알아요."

안타까이 손톱여물만 썰기 시작하는 김선실의 시선은 저도 모르게 창밖의 한 그루 해바라기에로 끌려가고 있었다.

장마철 비바람 속에서도 제 모습을 잃지 않고 있는 환한 꽃판, 그 꽃판 위에 역시 그처럼 환한 얼굴이 덧놓여 오른다. 훤칠한 키에 두어 번 물결쳐 넘어간 반고수머리인 아들 경훈의 모습이다. 환한 이마는 이지적이고 휘어들린 눈꼬리에선 웅심이 엿보인다. 언제나 손에 묻어다니는 크고 작은 책자들과 너무도 잘 어울리는 그 이마이고 그 눈빛이다.

언제인가 신혼생활 시절에 남편은 한 번 그 성격에 어울리지 않는 농담 비슷한 말을 한 적이 있었다. 자기는 아이 적부터 따라다니는 쫌생원이라는 웅치를 자식 대에 가서라도 꼭 풀어보자고 마음먹고 있었기에 키 크고 얼굴 잘나고 예술 서클 잘하는 당신을 낚느라 애간장을 다 태웠노라고…… 그러니 내 소원이 풀릴 그런 아들을 하나 낳아달라고….

남편은 진짜 그 소원을 푼 셈이었다. 그러나 차라리 풀리지 않았으면 더 좋았을지 모를 그 소원이었다. 왜냐하면 이번엔 남편이 아이 적부터의 그것과 같은 옹치를 아들에게서 새로 받아안을 수도 있기 때문이었다. 살아오며 보노라면 세상 물정을 보고 느끼는 거나 모든 언행에서나 아버지보다 저울추가 몇 개는 더 달리는 경훈이었다. 앞서 있은 두 부자 간의 숨바꼭질만 봐도 그랬다.

남편이 아들을 탕개* 틀듯 해서 큰 김숙이와의 절교 담보를 받아낸 얼마 후였다. 선실은 방 안에 저녁 물걸레질을 하다가 남편의 테이블 위에서 이상한 종잇장을 보게 되었다. 그것은 '김성빈 일가를 이주시킬 데 대한 조서'라는 제목 아래에 이런저런 이유로 했고 이 가족을 독재구역으로 이주시키려 한다는 내용의, 읽기에도 끔찍스러운 종잇장이었다. 김성빈이란 큰 김숙이 아버지의 이름이었다. 선실은 누가 보기라도 하듯 황망히 그것을 감춰두었다가 남편 앞에 내놓았다.

"잔나비도 나무에서 떨어질 때 있다더니 당신도 이런 실수를 해요?"

"떨어질 때도 있지만 떨어지는 척할 때도 있는 거야. 그건 왜 쥐어가지구 그래?"

"그럼 이게 정말이야요?"

---

* 물건을 감거나 둘러 묶은 줄을 죄는 물건.

"젠장, 한번 그래보는 거라는데 그래. 다시 제자리에 놔두라구."

선실은 그때에야 그것이 큰 김숙이에 대한 아들의 진심을 떠내보려는 남편의 계책임을 알아차렸다.

아닌 게 아니라 며칠 후에 경훈에게서 반응이 일어났다. 저녁밥을 먹은 후 세 식구가 텔레비전 앞에서 〈전초선〉이라는 영화를 보던 중에 경훈이가 입안의 소리로 은근히 중얼거렸다.

"정말 계급적 원수들의 본성엔 변함이 없구만요."

"너 어쩌다 씨알 배긴 말 한마디 하누나!"

남편이 인차 응수했다.

"하하, 아버지두, 나라고 뭐 노상 계급선에서 탈선되어 사는 줄 알아요? 때로 우리 당의 광폭廣幅정치 선에서 사람을 볼 따름이지요."

"광폭정치두 다 그어진 금 안에서의 광폭정치야."

여느 때 없이 화기가 넘치는 부자 간의 담론이었다.

"그러기에 나도," 하고 아들이 계속했다.

"아버지가 우리 당 보위 사업을 더 잘하자면 말입니다. 우리 대오에서 축출해야 할 대상들에 대해서는 제때에 가차없이 축출해야 한다고 생각합니다. 나와의 좀 전 관계를 생각해서 이렇게 말하는 건 좀 안된 일이긴 하지만, 예를 들면 큰 김숙이네 같은 집 말입니다."

"야, 너 어디다 그런 말을….."

"아버지도, 내 눈은 뭐 이 집에서 출장 나가 사는 줄 아는 모양이죠?"

"아차, 내가 실수했구나!… 너 내 책상 위에 잠깐 됐던 그 문건을…….."

그날 부자 간의 숨바꼭질은 외형으로는 이처럼 아버지의 승리로 끝난 듯싶었다. 말하자면 남편이 아들의 가슴에서 떠내보려던 것을 떠내본 셈이 되었다. 하지만 선실은 남편의 그 승리가 어딘지 믿어지지를 않았다. 어쩐지 남편이 제가 잡아채는 낚시에 걸린 물고기를 잡은 것이 아니라 미끼를 물고 자기절로* 튀어나오는 이상한 물고기를 잡은 것만 같은 느낌이었다.

그런데 오늘 또 아들과 김숙이와의 일이 벌어진 것을 보면 그날 남편이 이상한 물고기를 낚았던 것이 틀림없었다. 따지고 보면 경훈의 일에 작은 김숙이를 거들 필요는 조금도 없었다. 아들 곁에 그 그림자조차 비껴본 적이 없는 작은 숙이가 아닌가. 그런 것을 뻔히 알면서도 남편도 그래 자기도 그래 작은 숙이냐 큰 숙이냐 하는 것은 발등의 불티가 꿈이었기를 바라는 격의 어리석은 생각에 지나지 않는 것이었다. 더구나 부모의 반대 앞이라 해서 한번 사랑했던 처녀를 헌신짝 내버리듯 할

* 자기 스스로.

그런 아들이 아니었다.

선실은 갑자기 가슴이 후두두 떨리기 시작했다. 이번엔 정말 총소리가 터지게 될지도 모를 남편과 경훈이와의 충돌 장면이 방불히 눈앞에 떠올라와서였다.

"내 우산!" 하는 소리에 선실은 지금껏 시선을 박고 있던 해바라기에서 남편 쪽으로 얼굴을 돌렸다.

"또 어디를 가시려구요?"

"공장 조의장에."

남편은 문을 열고 우산을 펼치며 들으라는 듯이 중얼거렸다.

"미친놈이지, 이 추도 기간에…."

경훈은 저녁 무렵에야 옷이 쥐어짜게 되어가지고 집에 돌아왔다. 직장 사람들이 모두 퇴근한 뒤여서 집집마다 찾아다니며 꽃을 나누어주다 보니 더 늦어졌던 것이다. 홍영표가 애도 기간 공장 조의장 요소요소에 박아둔 정보원들을 만나보고 집으로 돌아온 것도 이 무렵이었다.

"경훈아, 어서 밥상 놔라" 하는 아내의 목소리는 집안에 돌풍을 일으키기 전에 저녁밥이나 치르고 보라는 눈치였으나 홍영표에게는 언제 그따위 귀띔까지 고려할 마음의 여유가 없었다. 옷을 갈아입고 머리까지 빗은 다음 따뜻한 온돌목을 더듬어 찾으며 책을 펼쳐드는 아들을 보니 그가 일부러 아닌 보살을 피우는* 것만 같아 속에서 불뚱이 튕겨났던 것이다.

"그 책 덮어라."

홍영표의 목소리는 첫머리부터 새파랗다. 경훈은 갑자기 두 눈이 뜨부럭해졌다.

"너 꽃 꺾으러 다녀도 온전히 다녀."

"네-에. 난 또⋯ 조심해요, 나도. 요새 사방에서 사고가 난다는 걸 나도-"

"허튼 수작은 그만해."

"예?"

"난 오늘 회의에 갔다가 정치적 생명에 흙탕을 들썼다."

"정치적 생명에라뇨? 저 때문에요?"

"저 때문에? 이 애도 기간에 술을 처먹고 돌아치면서도 저 때문이야?"

"아버지! 무슨 오해가 있는 것 같은데 좀 차근히 말씀해주세요."

"이놈아!"

홍영표는 의자에 앉아 옆구리를 기대고 있던 테이블 위에다 장구알을 박듯 딱 소리가 나게 비닐병을 세워놓으며 소리쳤다.

"이래도?"

---

* 아닌 보살을 피우다. 시치미를 떼고 모르는척하다.

"뭐게요, 그게?"

"제가 마시고 버린 것도 몰라?… 쥐고 다닌 큰 숙이의 손목은 기억나니?"

"네? 누가 그래요?"

"이제야?"

"그래요. 이제야 알 만해요. 그 병이랑 모든—"

경훈은 문뜩 말을 끊었다. 꿀꺽하고 그의 마른침 넘기는 소리가 선실의 귀에까지 들려왔다.

"경훈아! 모든 걸 터놓자."

선실은 다행히도 아직 폭발을 면하고 있는 이 분위기를 어찌하나 그대로 유지하고 싶었다.

"아버지도 다 널 생각해서 이러시는 게 아니냐. 너라고 그냥 공장 노동자로만 있겠니. 생활제대라는 딱지를 벗고 어서 제 길에 들어서야 할 게 아니냐?"

"압니다. 어머니! 하지만 그렇다고 험한 벼랑길에서 여동무의 손 한번 당겨줄 수도 없단 말입니까? 그것도 직장에서 같이 간 동무를 말입니다."

"옳—다. 그러니 그게 큰 김숙이었다?"

홍영표가 씨까스르듯 했다.

"그래요."

"그러니 〈전초선〉 영화를 보며 네가 했던 말은 다 연극이었단 말이지?… 또 자감훈련이었니?"하며 앙다무는 홍영표의 입에서는 뽀드득 소리라도 울려나올 것만 같았다.

"용서하세요. 그 일만은… 그러나 아버지가 평생 안 하던 실수를 하는 척하시며 연극을 먼저 꾸며오지 않았어요? 그러니 제가 어떻게 가만히 있을 수가 있었겠어요. 아버지가 큰 숙이 문제 때문에 그렇게 신경을 쓰시는데요. 그래서 전 아버지와 어머니를 안심시켜드리고 싶어 아버지의 연극에 응했던 거예요."

"그래, 어쨌다는 거냐? 큰 숙이와의 관계는?"

"글쎄 제가 부모님 앞에서 다짐했으니 그와 결혼할 생각까지는 안 합니다. 그러나 이성 간이 아닌 인간적인 사랑만은 버리지 못하고 있습니다. 난 솔직히 말해 모든 면에서 뛰어난 처녀인 그가 기를 못 펴고 사는 데 대한 동정심을 금할 수가 없어요. 그의 아버지의 죄라는 게 뭡니까. 김정일이 후처를 한 사실을 말했다는 그 하나뿐이 아닙니까."

"닥쳐!"하는 소리와 함께 비닐병이 바람을 가르며 날아가 경훈의 한쪽 뺨을 들이쳤다. "이 반동놈의 새끼! 네가 그래먹었으니 수령님이 서거하신 이런 때에 술까지 처먹어?"

순간 경훈은 눌린 용수철 같은 것이 가슴속에서 불끈하는 것을 느꼈다. 입만 열면 그것이 탕─ 튕겨나올 것만 같아 피가 나게 입술을 깨물었다. 두 손을 가슴 위에 모아붙인 어머니가 경훈에게서 긴장한 눈길을 떼지 못하며 가쁜 숨을 쉬고 있었다.

"너무합니다. 아버진!"

이윽고 겨우 안정을 찾은 경훈이 차분하나 격한 어조로 입을 열었다. "충신은 못 되지만 저도 고인을 애도해야 하는 그런 윤리 도덕쯤은 지킬 줄 압니다. 아버지는 그래 메틸알코올도 마시세요?"

"뭐라니?"

"메틸알코올을 옷에 뿌리고 다니면 뱀이 도망간다기에 그렇게 다 써버리고 제가 버렸던 그 병입니다. 못 믿겠으면 지금이라도 전화해보세요, 실험실 박 기사한테, 그한테서 빌렸던 것이에요."

"경훈아!"

김선실이 목멘 소리를 치며 경훈의 두 손을 덥석 끌어잡았다. 곱게 늙은 그녀의 두 눈에서 눈물이 비 오듯 하고 있었다.

어머니의 그 눈물이 경훈의 눈에서도 뜨거운 것이 시큰거려 나게 했다. 그러면서 '자감훈련 26년생'이 되도록 가슴속에 줄창 묻히고 눌려 있어야만 했던 것이 머리를 들게 했다.

"아버지, 얼마나 너절합니까."

경훈은 자기 뺨을 때리고 발치에 떨어져 있는 비닐병을 집어들며 피를 토하듯 계속했다.

"이런 쓰레기나 가지고 물어들이고 받아들이며 사람들을 억압, 통제하려 드는 자들이 말입니다. 진실한 생활이란 자유로운 곳에만 있을 수 있는 것입니다. 억압, 통제하는 곳일수록 연극이 많아지기 마련이구요. 얼마나 처참해요. 지금 저 조의장에선 벌써 석 달째나 배급을 못 타고 굶주리는 사람들이 애도의 눈물을 흘리고 있어요. 꽃을 꺾으려고 헤매다 독사에게 물려 죽은 어린아이의 어머니가 애도의 눈물을 흘리고 있단 말입니다. 그래 그들의 눈물이 진실이란 말입니까. 예? 백성들을 이렇게 지어낸 눈물까지 흘릴 줄 아는 명배우들로 만들어버린 이 현실이 무섭지도 않은가 말입니다."

"닥치지 못해? 이 어리석은 반동놈의 새끼야!"

"그럼 백성들이 죽지 못해 흘리는 눈물을 두고 충성이요 일심단결이요 하고 외쳐대는 사람들은요? 그들은 어리석지 않은가요? 연극무대란 막이 꼭 내려지기 마련이라는 걸 아버지는 아셔야 합니다."

"야!"

홍영표가 찢어지는 소리를 지르며 의자에서 훌쩍 일어섰다. 허겁지겁 허리를 더듬는다.

"여보!"

김선실이 기겁해서 그를 막아섰다.

"비켜."

한 손으로 김선실을 밀쳐 쓰러뜨리는 홍영표의 다른 한 손에서 동그란 강철 눈깔이 새파랗게 독을 내뿜었다.

"쏘세요."

경훈이도 우쩍 자리에서 일어섰다.

"그게 아버지의 정 소원이라면! 하지만 백 번을 쏘아도 죽이지 못할 겁니다. 인간다운 세상에서 살아보고 싶은 저의 욕망만은!"

"뭐얏!"

총알 재워지는 소리가 찰칵했다. 돌연 방 안이 새까매졌다.

"어이구, 어이구!⋯⋯."

김선실은 아들이 섰던 쪽으로 무릎걸음으로 다가가며 두 팔을 허우적거렸다.

'죽음이라는 게 이렇게 오는 건가⋯' 하면서도 그는 그냥 허우적허우적 무엇을 자꾸 휘저어 찾았다. 어디선가 따르릉 소리가 들려온다.

"⋯정전됐다구?⋯ 차고⋯ 차고! 조의장으로 빨리 자동차 보내 조명하라, 빨리!"

김선실은 들려오는 모든 소리가 저승에서인지 이승에서인지 알 수가 없었다.

"경훈아! 경훈아!"

"어머니!"

어둠 속에서 선실의 손을 꽉 더듬어 쥐며 아이 때처럼 갑자기 엉엉 우는 것은 분명 아들 경훈의 목소리였다.

왈캉!- 문을 차고 나가는 소리가 방 안의 암흑을 흔들었다.

하늘 한 점 볼 수 없는 먹물 같은 밤이었다. 잠시 비가 멎은 대신 바람이 기승을 부려댔다. 귓가에 대고 수백 개의 채찍이라도 휘둘러대는 듯한 소리가 하늘땅 사이에 꽉 들어찼다. 홍영표는 천방지축 달려갔다. 기업소 정문 옆 '위대한 수령님을 해와 달이 다하도록 모시렵니다'라는 제명의, 김일성을 형상한 대형 유화판 앞이 바로 기업소 조의장이었다. 수천 명이 넘는 기업소 노동자들을 조객으로 수용하기엔 기업소 구락부가 너무나도 협소했던 것이다. 조의장에서는 홍영표의 지령대로 차고에서 달려온 자동차들이 벌써 불빛을 비춰대고 있었다. 다섯 대의 자동차 불빛은 조의장을 발칵 뒤집히게 밝혔다. 유화판 대리석 단 위에 놓인 꽃송이들까지도 송이송이 가려볼 정도였다. 소란한 바람 속에서도 어이어이 하는 곡소리가 들려왔다. 자동화된 그 어떤 인공호수처럼 한편 흘러들고 한편 흘러나가며 조의장엔 일정한 사람의 수위가 정확히 보장되고 있었다. 그것은 조의장의 숨결이 정상이라는 것을 말해주는 것이었다. 정황은 홍영표가 어느 한 자동차 운전칸 안에 편안히 앉아 있어도 된다는 것을 보여주고 있었다. 하나 홍영표는 이 시각 그렇게 앉아 있고 싶지 않았다.

어쩐지 지금의 조객들의 얼굴을 한번 똑바로 보고 싶었다.

아니 아직도 연극이니, 지어낸 눈물이니 하며 귓전에 울리고 있는 경훈의 아까 그 말마디들이 홍영표를 그렇게 떠미는 것인지도 몰랐다. 홍영표는 채양을 당겨 모자를 푹 눌러썼다. 그리고 조객의 물결 속으로 섞여 들었다. 한데 귀신의 조화랄까, 마침 대리석 단 앞에 서 있는 큰 김숙이의 어머니가 눈에 띄게 될 줄이야!……

홍영표는 바로 남편이 현재 정치범 수용소에 가 있는 큰 숙이 어머니나 제일 굶는다 죽는다 하는 해주집 같은 그런 대상들의 조의 모습을 특히 눈여겨보고자 조객들 속에 스며들었던 것이 아닌가! 그러나 막상 단 위에 꽃송이를 놓고 "어버이 수령님!…" 하며 묵도를 시작하는 큰 숙이 어머니의 얼굴과 맞다들리는 순간 홍영표는 불시에 등이 으쓸해졌다. 정말 그녀의 두 볼에서 눈물이 줄줄 흘러내리고 있는 것이 아닌가! 정녕 그것이야말로 홍영표가 지금껏 생각해본 일도 없었고 설사 생각해보았댔자 믿을 수도 없었을 몸서리나는 광경이었다. 아홉 발꼬리를 한 번씩 뒤척이며 아홉 재주를 부린다는 구미호가 아니고서야 어떻게 저처럼 눈물까지 내쏟을 수 있단 말인가! 홍영표는 바로 코앞에서 재주를 부리는 그 구미호를 피하듯 황황히 조객들 속을 빠져나왔다. 말썽인 간이 또 무섭게 쑤셔나기 시작했으나 홍영표는 그것을 느끼지 못했다. 다만 머릿속이 화끈해지며 귀 안에서 무슨 매미 울음소리 같은 소리가 왱-

하니 들려올 뿐이었다. 홍영표는 자기가 금방 눈 뜨고 꿈을 꾼 것만 같았다. 금시 본 눈물이 그처럼 믿어지지 않았던 것이다.

가령 큰 숙이 어미 같은 사람도 "어버이 수령님!" 하는 슬픈 소리나 꺼이꺼이대는 울음소리는 지어낼 수가 있다고 하자. 그러나 눈물까지야 어떻게 나올 수가 있는가 말이다. 눈물이야 담아두었던 물병에서 물을 쏟아내듯 할 수가 없는 것이 아닌가?!

"그게 바로 무대자감이라는 거란 말입니다."

누군가의 목소리가 들려왔다. 경훈의 목소리 같기도 하고 군대 때 그의 어느 동무 목소리 같기도 했다.

'자감…?'

이미 두뇌의 버림을 받은 홍영표의 두 발은 이처럼 이어달리는 대답과 물음에 이끌리며 조의장의 어디론가 타박타박 걸어가고 있었다.

'그래. 그 자감이라는 거면 큰 숙이 에미가 눈물까지도 흘릴 수가 있지… 허나 그건 배우들에게만 있는 거야.'

"그럼 그가 배우라는 걸 아직도 모른단 말이오?"

또 들려오는 건 누구의 목소리인가? 자감훈련극의 제2장을 가로채 했다던 그 강길남이의 목소린가?

"그 여자도 자감훈련극 〈아프다 하하하〉 〈간지럽다 엉엉〉의 사십오 년생이라는 걸 아직두 모르는가 말이오. 당신이 가지고 있는 그 매서운 눈들과 귀들과 주먹들로 그에게 사십오 년간이나 직접 훈련을 시켜오고도 모른다니 말이 됩니까?"

'사십오 년생…? 그 여자가 올해 사십오 세니까, 그런데 그런 구미호 같은 재간을 내가 훈련시켰다구? 내가!'

"아버지도 자감훈련 오십팔 년생인데 그쯤한 훈련 못 시키겠나요?"

'경훈이 이놈! 아까 쏴버렸어야 했는데. 네 놈은 또 어디서 나타나가지구… 난 그런 거 모른다, 몰라.'

"그럼 사발만 한 슬픔으로 물동이 같은 눈물을 내는 재간은 어디서 배웠죠?"

'이놈아! 내가 어디서?'

"오늘 아침 보위부장 앞에서요."

'뭐?!… 모, 모른다. 모른다. 몰라….'

홍영표는 무엇인가에 발이 걸려 엎어졌다. 일어서면서야 제정신의 신음 소리를 냈다. 그러나 정신은 이내 또 혼미해졌다. 불어치는 바람이 옷자락을 잡아 날렸다.

"어이! 어이!…"

뒤에서 바람 소리와 함께 들려오는 저 물귀신 같은 소리는 큰 숙이 에미가 또 눈물을 쏟는 곡성인가?! 으쓸하기도 하다.

홍영표는 바르르 몸을 떨었다. 그는 지금 휑한 기업소 구내 한쪽에 있는 소공원에 서 있었다. 그러나 그것을 이미 감수하지 못하고 있었다. 다만 동공이 풀린 눈으로 기업소 조의장의 환한 불빛만을 말똥히 바라보고 있을 뿐이었다. 중기중기 엇갈린 그 자동차 불빛들은 흡사 극장의 조명들과 같았다. 그 조명들 불빛 한줄기가 여기까지 새어나오며 주위의 우중충한 소나무와 돌걸상 하나를 훤히 밝혀준다.

'그런데 이 소나무들은 진짜 소나무처럼 신통히도 만들어 세워놨는걸… 가만 있자, 이 무대에서 누굴 훈련시킨다고 했드라? 아, 그래 그래…….'

'무대' 저쪽에서 소나무 사이로 누구인가 훈련자가 들어온다. 그런데 훈련은 씻지 못할 무서운 죄를 진 그 훈련자의 관자놀이에다 권총을 들이대고 무엇인가 결판을 받아내야 하는 그런 훈련이었다.

땅!

난데없는 한 방의 권총 소리가 7월의 밤대*를 찢었다. 그러나 홍영표는 그 소리를 듣지 못했다. '자감극'의 사나운 감독이자 그 역시 그 극의 일개 명배우였던 홍영표는 동업자들보다 한 발짝 앞서 자기 연극무대의 막을 내렸던 것이다.

1995. 1. 29.

_____
* 밤공기

빨간

간

버

섯

1

ㄴ시 사람들은 시당위원회 청사를 두고 '벽돌집'이라 부른
다. 시당위원회 청사가 빨간 벽돌집이라는 단순한 이유에서이
다. 하긴 청사가 거리의 벽돌건물들 중에서 유난히 빨개 보이
는 특징이 없지는 않다. 그럴 수밖에 없었다. 8·15 직후 초대
공산당 비서였던 사람이 그 무슨 빨간 첨가제를 섞도록 지령
하여 특별히 구워낸 벽돌로 지었다는 집이었던 것이다.

사자머리에 마도로스 파이프를 휘두르며 맑스의 『공산당선
언』도 뜬금으로 외워대곤 했다던 저 구라파의 붉은 유령이 뿌
린 씨앗에서 싹터난 우리이기에 속은 물론 겉까지도 빨개야
한다며 벽돌뿐이 아닌 기와에까지 첨가제를 섞도록 하여 공산
당 청사를 아예 빨간집으로 만들어냈던 것이다. 그러고 보면

사람들이 '벽돌집'이라 부르는 그 말속에는 벽돌이라는 뜻보다도 빨갛다는 뜻이 더 스며 있다고 해야 할 것이었다.

혹시 코흘리개들이 "흥, 벽돌집 아이면 다래?" 하면 그것은 물론 시당집 아이면 다냐 하는 뜻이다. 또 여인들이 "못 본 체합소. 벽돌집 마누라래요" 한다거나 어느 기업소 지도원이 "찍소리 맙세" 하면 그것도 역시 시당집 마누라, 시당의 지시라는 소리다.

도일보사 특파기자 허윤모는 창가를 스치는 돌개바람이 마주앉은 책상 위의 원고지를 날려 떨어뜨려서야 겨우 제정신으로 돌아왔다.

"젠장!"

그는 투덜대며 원고지를 주워올렸다. 하나 그것은 때아닌 돌풍에 대한 투덜거림이 아니었다. 써야 할 원고는 한 줄도 못 쓰고 왕청같은* '벽돌집' 근처만 어정거리다 돌아온 자기 사색에 대한 불평이었다. 원고 집필이라는 불티가 발등에 떨어진 지금 어떻게 되어 자기 사색이 항간에 떠도는 벽돌집 유래 따위에만 팔려 돌아가는 것인지 알 수가 없는 노릇이었다. 주워올린 원고지 위엔 아직도 '생산 정상화에 들어선 ㄴ장공장'이라는 제목만 댕그라니 앉아 있지 않은가!

---

* 왕청같다. 생각했던 바와는 전혀 다르게 엉뚱하다.

허윤모는 쥐고 있던 만년필을 원고지 위에 내동댕이쳐버렸다. 그러고는 두 손바닥으로 얼굴을 쓱 내리쓸었다. 저절로 "쩝!" 하고 마른입이 다져진다. 그리고 글귀가 이렇게도 막막히 막혀와서야 어떻게 십 년 너머 이 노릇을 해왔던가 싶다.

그럴수록 머리 한구석에 꼬챙이처럼 솟아오르는 것은 아무리 찍소리 말아야 하는 벽돌집 지시라 해도 때려서 우는 척할 수 있는 일이 있고 그러지 못할 일이 있다는 생각이다. 글쎄 개구리뜀질하듯 공급하던 것마저 아주 끊어진 것이 석 달 가까워오는 시 안의 된장 문제인데 생산 정상화에 들어선 장공장을 운운하라니 이거야말로 잉태 중인 태아를 두고 생남 소식 전하라는 것과 무엇이 다른가!

삼 일 전 전화 호출을 받고 벽돌집 사자머리인 책임비서에게 가서 원고청탁을 받았을 때 허윤모는 한동안 입을 열 수가 없었다. "흥!" 하고 콧방귀를 뀌면 어느 사람에게서나 공통으로 나타나는 그런 표정이 항시로 고착되어 있는 책임비서의 축구공 같은 얼굴은 그날따라 턱도 유아스러웠다.

"와 대답이 없노, 응? 하하하… 장공장 된장 탱크처럼 입을 꽉 다물고 앉아서리…….."

책임비서는 얼굴과 일매진* 굵기로 양 어깨 사이에 내리박힌

---

* 일매지다. 모두 다 고르고 가지런하다.

살찐 목을 뚫고 나오느라 그런지 꾸락꾸락 하는 유다른 목소리로 너스레를 떨었다.

"우리 시의 된장 문제가 도 전체적으로도 비판거리로 되고 있는 건 사실이야. 물론 일부 일꾼들의 무책임성으로 해서 말이지. 하지만 이제 장공장의 그 된장 탱크가 입을 콱 열게 될 것이니 허 기자두 맘 꽉 놓고 입을 열라. 예! 원고를 쓰겠습니다, 하구 말야. 하하…."

하나 농담조는 끝났다는 듯 웃음을 거두자 책임비서의 얼굴엔 "흥!" 하는 것 같은 그 본바닥 표정이 다시 제꺽 자리를 틀고 앉았다.

"원고는 이달 중으로 도일보에 나오게 하면 돼. 알갔소?"

허윤모는 그날 책임비서실에서 나오는 길로 장공장을 찾아갔다. 막대기에 옷을 입혀놓은 것처럼 여위고, 그래서 덩실한 대머리도 어딘가 공허해 보이는 지배인이 허윤모를 맞아주었다.

"예예. 사실입니다. 지금 발효공정에 들어갔습지요… 원자재 말입니까? 뭐, 시당에서 지원을 해줘서 도토리면 도토리, 사료강냉이면 사료강냉이, 농장들에서 걷어들인 게 한 삼십여 톤 됩니다. 된장을 만들면 한 달 공급량은 충분합지요."

실정은 이러했다. 일 년도 아닌 한 달 공급량, 그것도 된장맛을 이미 잃은 지 오랜 사람들이 그 맛도 보기 전에 허윤모는 장공장 생산 정상화라는 대포를 놓아야만 하는 것이었다. 하기는 돌이켜보면 그런 대포를 처음 놓게 되는 것도 아니었다. 적지 않은 독자들이 허윤모라는 이름 대신 특파기자 허대포라고 부르는 것은 결코 근거 없는 비난이 아니었다.

허윤모는 보온병 뚜껑을 열어 들고 거기에다 병을 기울였다. 술이었다. 허윤모에게는 언제부터인가 이렇게 대포기가 있는 글을 쓰기 위하여 술병을 기울여야 하는 악습이 붙었다.

"윤모 있나?"

밖에서 누가 문을 쾅쾅 두드려댔다. 허윤모가 보온병 뚜껑을 놓기도 전에 시병원 진료과 의사 송명근이 불쑥 뛰어들었다. 송명근은 수수깡말을 함께 탔고 중학시절의 화학실험 같은 것도 꼭 한 조가 되어서만 하던 허윤모의 죽마고우였다. 허윤모가 모든 것이 투둘투둘하게 생긴 반면에 송명근은 말쑥하게 쏙 빠진 용모였지만 둘이는 어린시절처럼 오늘도 마음이 한줄기로 통하는 사이였다.

"아니, 왜 그래?"

허윤모는 해쓱해진 얼굴에 땀까지 철철 흘리며 들어서는 송명근을 놀랍게 바라보며 움쭉 자리에서 일어섰다.

"윤모! 좀 도와주게. 좀 전에 우리 이모부가 묶여 갔네."

"뭐, 뭐? 장공장 기사장이?"

"원료기지에서 먼지가 뿌옇게 일하는 사람을 현장에서 체포해 갔대. 어쩌면 좋아, 응?"

"좀 차근히 얘기하게. 왜 그랬다는 거야?"

"직무태만이래, 직무태만. 그래 우리 이모부가 그럴 사람인 가. 자네야 한때 그에 대한 기사도 써낸 일이 있고, 그의 사람됨을 잘 알지 않나. 어떻게 좀 도와주게나."

송명근은 너무도 뜻밖의 일이어서 제정신이 아닌 것 같았다. 입귀에 흰 침을 물고 다리를 후들후들 떠는 것이 무슨 일이라도 칠 것만 같았다. 허윤모는 급히 부엌으로 나가 냉수 한 사발을 떠들고* 들어왔다.

"자, 마시게. 그리고 좀 앉아서 얘기하자구."

허윤모는 담배와 라이터도 내놓았다. 그러는 중에도 허윤모의 눈앞에는 도수 안경 너머로 두 눈이 늘 부은 듯이 보이던 허약한 체질의 장공장 기사장 고인식의 모습이 지워질 새 없이 떠오르고 있었다.

2

허윤모가 고인식이를 처음 알게 된 것은 삼 년 전 바로 이맘때인 8월의 어느 날이었다. 그날도 송명근이 고인식의 일로 해서 허윤모를 찾아왔었다. 촌수를 따져본다면 5촌 이모부란 실

---

* 떠들다. 물건을 떠서 들다.

224

상 남남지간이나 다름없는 사이이다. 허나 송명근의 경우에는 그렇지가 않았다.

평양의학대학 재학 당시 송명근이가 배고픈 기숙사 생활과 홀어미 자식이라는 외로움을 모르며 학업에 전심전력할 수 있었던 것은 전적으로 고인식의 덕택에 의해서였다. 송명근이 대학에서 혹시 야유회 같은 것이 있기 전날이면 퇴근 때 의례히 도시락거리를 사들고 들어오곤 하던 고인식이었다. 그는 말없이 도수 안경 너머로 빙긋이 웃어보이며 들고 온 구럭*을 아내에게 넘겨주곤 했는데 그 빙긋하는 웃음이 거의 어느 때나 그의 말의 전부였다. 그렇게 과묵한 만큼 마음 곱고 인정이 끝없는 사람이었다. 그런 고인식이 아니었다면 조카에 대한 아내의 동정심이 아무리 컸다 한들 송명근이를 집으로 끌어들이지 않았을 것이었다. 물론 그때는 고인식의 처지가 지금과는 달랐다.

대학에서 식료공학을 전공하고 경공업 위원회의 어느 한 기술 부서를 책임지고 있었고 생활도 넉넉했다. 하나 생활이 넉넉하다고 해서 누구나 다 인정 깊은 사람이 되는 것은 아니다. 고인식은 정말 잔정은 모르나 웅심 깊은 친어버이의 그런 사랑으로 송명근의 대학 전 과정을 일일이 보살펴주고 뒷받침해주었었다. 그런데 그 은인을 송명근이가 대학을 졸업하고 고향

---

* 망태기

으로 배치되어 온 지 꼭 삼 년 만에 ㄴ시에서 다시 만나게 될 줄이야 어찌 알았으랴! 6·25 전란 때 폭사한 줄로 알고 있던 처남이 월남한 것으로 판명되면서 고인식에게는 이력 기만이라는 딱지가 붙게 되었고 그로 인해서 '혁명화'*를 내려오게 된 것이 바로 이 ㄴ시였던 것이다.

그렇게 시작된 이곳에서의 고인식의 삶이란 송명근이로 하여금 인정 많은 사람은 눈물도 많다는 말을 되새겨보게 한 그런 것이었다. 식료공학 부문의 권위 있는 기술이 장공장 기사장이라는 과분한 자리를 받게는 했지만 그의 생활에는 코앞에 가시밭이 널려 있었다.

송명근은 자기의 무릎 위에서 이모의 눈을 감기었다. 평양서 내려오자부터 입술이 하얗게 타며 꼬치꼬치 말라가던 그가 이 년 만에 끝내 특별한 병명도 없이 숨을 거두고 말았던 것이다.

"제 오빠 때문에 당신까지 이 지경이 됐지만 부디 일 잘해서 본래 직무를 회복해주세요."

이것이 오누이의 손목을 쥐고 남편에게서 죄스런 시선을 떼지 못하며 그가 남기고 간 마지막 말이었다.

주부가 자리를 비우게 되면 아이들 못지않게 불행해지는 것이 세대주였다. 중학교를 졸업하자 아버지와 함께 장공장에서

---

* 사람들을 혁명적 세계관이 선 열렬한 혁명가로 만드는 사업.

실험공으로 일하면서 가정살림과 동생까지 돌봐야 하는 어린 딸의 고생은 물론 컸다. 허나 공장 기술지도를 그냥 하면서 당시 당적으로 제기된 원료기지 건설을 책임지고 산중생활을 하게 된 고인식의 고달픔은 그보다 더 컸다.

고인식은 난생 처음 작업복을 빨아보았고 산전막 문턱에 걸터앉아 양말 뒤축도 꿰매보았다. 하긴 원료기지 건설에 동원된 사람들에겐 특혜가 없지도 않았다. 죄를 지은 사람이 아니고서야 무인지경인 산전막에서 홀아비 노릇을 하며 땅을 뚜지겠다고 하는 사람이 어디 있겠는가. 그래서 특혜를 베풀었다는 것이 기본 작업에 지장을 주지 않는 조건에서 1인당 400평까지의 개인 농사를 허락한다는 것이었다.

"물론 책임자에게도 특혜가 있을 수 있지" 하고 그때 과업을 받으러 갔던 고인식에게 시당 책임비서는 말했었다.

"그러나 그게 어떤 특혜이겠는가 하는 것은 당신이 생각해서 일할 바요."

본래 직무를 회복할 수도 있고 관대하게 안겨진 장공장 기사장 자리를 내놓게 될 수도 있다는 묵직한 압력이 느껴지는 암시였다. 그런 암시가 아니어도 고인식은 책임비서가 자기에게서 얻고자 하는 것이 무엇인지를 이미 전에 직감하고 있었다.

시내 어느 일꾼도 달가와하지 않는 산지로 올리는 그것만으로도 '콩포기 뜯은 소 채찍만 들어도 뛴다'*는 속담을 자기에게서 노리고 있다는 것이 불을 보듯 뻔했던 것이다. 그런 모든 것을 알아서였든 몰라서였든 원료기지에서의 고인식은 어쨌든 일밖에 몰랐다. 기술지도차 공장에도 가끔 내려왔다. 송명근이 그런 그를 만나 이젠 이모도 없는데 아이들 생각을 해서라도 몸을 봐가면서 일하라고 말하려고 하면 바로 그 아이들의 장래를 위해서라도 일을 더 많이 해야 할 자기라며 용무를 보기 바쁘게 산지로 꼿꼿이 올라가곤 하는 고인식이었다.

그렇게 삼 년간을 경작하며 땅을 일궈 끝내 수십여 정보의 원료기지를 조성해냈다. 그러면서도 끈질긴 기술지도로 장공장의 일부 공정들을 개조하여 질 좋은 간장 된장을 풍성히 생산해내기 시작했다. 사람들의 입에서는 우리 시의 된장맛도 평양 장 못지않다는 말이 오르내리기 시작했다. 그것은 남모르는 고뇌 속에 바쳐온 고인식의 피땀에 대한 찬사이기도 하였다.

삼 년 전 그날 송명근은 고인식에 대한 이런 전후 사연을 들려주면서 허윤모를 찾아오게 된 자기의 솔직한 심정을 이렇게 털어놓았다.

"……가능하면 소개 기사 같은 거라도 하나 써 신문에 내주게나. 고달픈 그의 생활에 조금이나마 힘이 되어달란 말이네."

---

* 주인 몰래 콩포기를 뜯은 소가 주인이 채찍만 들어도 제풀에 놀라 뛴다는 뜻.

그날 송명근의 이야기에서 알게 된 고인식에 대한 인간상은 허윤모의 직업적 흥분을 불러일으켰다. 우리 시 된장맛이 평양장 못지않다는 말은 허윤모도 이미 무심히 들어오지 않던 말이었던 것이다.

　허윤모는 고인식을 취재하기로 결심했다. 그는 그 첫 필봉을 그의 가정에서부터 시작하였다. 짧지 않은 기자생활에서 그가 얻은 경험에 의하면 모든 인간들의 진면모는 일터에서보다 그들의 가정생활에서 더 잘 엿보이는 경우가 많았기 때문이었다.

　허윤모의 경험은 역시 옳았다. 허윤모는 가정 취재를 통해 '특혜'를 바라기에 앞서 자기 사업에 자국자국 진심을 묻혀가고 있는 고인식을 새롭게 보게 되었던 것이다. 허윤모는 빈집 방문을 피하기 위해 점심시간에 그의 집을 찾아갔다. 장공장 뒤 언덕에 있는 고인식이네 집은 뱀이 기어간 자리인 듯 앞뒤로 배를 내민 울바자며 군데군데 비닐장막을 덮고 돌을 올려놓은 창고 지붕이며 첫눈에도 남자의 손길이 닿지 못하는 집이라는 것이 분명히 느껴졌다. 마침 교복 차림의 열댓 살 되어 보이는 사내애가 앞뜰 쪽대문가에 매달려 무엇인가 장난질을 치고 있었다. 그러나 가까이 가보니 그 애는 장난을 치는 것이 아니라 쪽대문 위쪽의 녹슬어 끊어진 철사줄을 떼어내지 못해 씩씩거리고 있는 중이었다. 이 애가 고인식 기사장네 남매 중 막내이자 외아들인 혜명이라는 아이겠거니 속으로 생각하며 허윤모가 말을 떼려는데, "우리 아버지 집에 안 계세요" 하고 그 애가 한발 앞질러댔다. 쓸데없는 말을 시켜 제발 자기 일을 지연시키지 말아달라는 투였다.

"누나도 없나?"

허윤모는 고인식이 산지에 가 있는 것을 모르는 체했다.

"우린 아침에 다 점심밥을 싸가지고 나가요. 누나도 나도."

"그런데 넌 오늘 어떻게 이처럼 집에 있지?"

소년은 잠시 쭈뼛거렸다.

"허, 말문이 막히는 모양이지?"

허윤모가 빈정거렸다.

"그건 저… 오늘 아침에 우리 누나가 이걸 고치려다 손에 피가 나서 울면서 공장에 갔어요."

"누나가?!… 그러니 누나가 저녁에 집에 오기 전에 고쳐놓자고 네가 왔다 그 말이구나. 학교 점심시간에, 응?"

소년은 대답 대신 갑자기 고개를 뚝 떨구며 두 눈을 연방 껌뻑거렸다. 그새 철사줄과 얼마나 씨름을 했던지 공구를 쥔 고사리 같은 두 손엔 뻘건 녹물이 질벅이 내배어 있었다. 허윤모도 가슴이 찌르르해졌다. 허나 그러다 소년의 눈물이라도 보게 될 것 같아 일부러 흔연한 목소리를 지어냈다.

"어디 보자. 이놈의 접철이 그렇게 애를 먹여? 그 공구를 이리 다오."

허윤모는 공구의 뒷날을 접철과 나무기둥 사이에 바싹 찔러 넣고 빡빡 소리가 나게 잡아젖히며 거기에 박자를 맞추듯 띄엄띄엄 말을 이었다.

"그런데 이 집에선 왜…… 아버지 없는 집처럼 애들한테 이런 걸… 맡긴다더냐?"

접철이 훌떡 빠져나왔다.

"야!"

소년은 자기가 그리 애써도 안 나오던 것이 족집게에 집힌 가시 뽑히듯 하는 것을 보며 얼굴색을 대번에 풀었다.

"근데 우리 아버진 그저 원료기지 일밖에 몰라요."

"왜, 무슨 일이라도 있었니?"

"전번 학부형 회의 때도 선생님한테 쪽지 편지만 보내오구선 이번에도 또 쪽지 편지니깐 말이죠."

"그래, 무슨 쪽지 편지냐 이번엔 또?"

"어머니 제사ㅡ"하다가 불시에 입술을 꽉 무는 소년의 두 눈에서 눈물이 돌연 뚝뚝 떨어지기 시작했다. 허윤모는 당황했다.

"자자, 이걸 좀 잡아라. 이 문짝에 있는 것도 마저 떼내야지, 엇차! 요놈은 이렇게, 해야……."

허윤모는 안 나오는 설레발을 떨었다. 소년이 눈물을 거두게 하기 위해서만이 아니었다. 두 눈으로 뜨거운 것을 내뿜으려는 자기 가슴도 함께 달래기 위해서였다. 다행히도 소년이 웃을 일이 생겼다.

허윤모가 저번 것처럼 생각하고 우쩍 힘을 쓰다가 접철이 홀
렁 빠지는 바람에 엉덩방아를 찧었다. 그러자 소년은 아직도 물
기가 질벅한 눈으로 깔깔 웃음을 터뜨리었다. 이어 언제 울었더
냐 싶게 입을 열었다.

"근데 기자 아저씨, 멧돼지라는 놈이 정말 하룻밤 새로 큰
밭도 못쓰게 만드나요?"

"너 방금 날더러 기자 아저씨라고 했니?"

허윤모는 놀랐다.

"헤─ 난 첨부터 알고 있었는데요 뭐. 웅! 우리 아버지 만나보
자고 오셨구나 하구."

"너 정말!… 그런데 내가 기자라는 걸 어떻게 알았지?"

"요 전날 개학 때 우리가 학교 정문 들어가는 거 사진 찍어
내지 않았나요? 신문에."

"오 참, 그랬었지. 그런데 멧돼지는 또 뭐냐?"

"글쎄 우리 아버지가 멧돼지 성화 때문에 어머니 제삿날에
도 못 오신다고 써보냈기 말예요."

"정말이다. 멧돼지라는 놈은 항상 무리로 다니기 때문에 하
룻밤 새에도 숱한 곡식밭을 못쓰게 만들지."

"야! 정말이었구나."

"그런데 나 같으면 너희들이 보고 싶어서라도 종종 내려올

텐데 너희 아버진 아마 그렇지 않은 모양이지?"

"체, 아저씨라고 뭘 그러겠나요. 일이 바쁘면… 하지만 우리 아버진 정말 좋은 아버지예요. 우리들이 보고 싶고 어머니 제사에 오고 싶으면서도 참고 안 오시니깐요. 우리 아버진 아침마다 세수하러 나가면 샘물 속에서 찰랑찰랑 나랑 우리 누나 얼굴이 떠오른다고 썼어요, 쪽지 편지에."

"그리고?!"

허윤모의 목소리는 떨린다.

"그리고 그 편지 가지고 온 아저씨에게 산딸기랑 버섯도 이만큼 보내오구요. 누난 머 그 산딸기랑 버섯이랑 다 어머니 제사상에 놓겠대요."

허윤모는 고개를 돌렸다. 이마의 땀을 씻는 것처럼 하며 슬쩍 눈물을 닦아냈다. 이날 허윤모는 쪽대문에다 새 접철까지 달아주고 오면서도 몇 번이나 몇 번이나 고인식이네 집을 뒤돌아보았다.

밥 한술 제 손으로 떠놓지 못하게 될 아내의 제사상을 생각하며 한 송이 두 송이 버섯을 뽑고 어린것들의 눈물을 달래고자 찌르는 가시도 못 느끼며 산딸기를 땄을 그 아픈 숨결이 어려 있는 집, 앞뒤로 배를 내민 울바자며 비 새는 창고 지붕이 집주인이 어디에 심혈을 쏟고 있는가를 역력히 말해주는 고인식이네 집이었다. 제삿날 밤 산중에서 맘속으로 아내의 행복을 빌며 "우여우여" 멧돼지를 쫓고 있을 고인식의 눈물겨운 목소리마저 귓전에 쟁쟁히 들려오는 듯했다. 허윤모는 당장이라도 고인식에 대한 기사를 일사천리로 써낼 자신이 있었다. 원료기지에 대한 일반자료는 다른 계통의 취재 과정에 이미 머리에 쌓여진 것들이었다. 그러나 고인식의 인간미에 매혹되기 시작한 허윤모의 심장은 당장 그의 체취를 몸 가까이 느껴보지 않고서는 못 견딜 정도로 불타오르기 시작했다.

하여 허윤모는 그날 정오의 쏟아지는 불볕도 아랑곳없이 시내에서 100리나 되는 원료기지를 향해 발걸음을 재촉했다.

3

원료기지 100리 길이란 사려놓은 밧줄 같은 것이어서 뱅뱅 돌아 끝까지 올라가보니 시내 거리가 우물 안처럼 환히 내려다보이는 곳이었다.

우중충한 수림이 일직선으로 뭉청 끊어지며 소 잔등처럼 느슨히 흘러내린 한쪽 산면에 끝을 가려보기 힘든 개간지가 기다랗게 누워 있었다. 구획에 따라 콩이며 옥수수며 감자 등속이 심어진 개간지 아래쪽은 위쪽의 끊어진 수림면과 거의 평행을 이룬 단애절벽이었다. 그 밑으로 컴컴한 골짜기가 입을 벌리고 있었다. 이런 산중에 호함진* 곡식밭이 있다는 것이 희한스럽기만 했다. 이래서 예로부터 화전이란 말이 생겨난 모양이었다. 와서 보니 원료기지란 결국 화전농이란 말의 대명사인 격이었다. 그렇게 말할 만한 증거가 아직도 생생한 원료기지였다. 밭골을 따라 키가 넘게 뒤엉키고 덧쌓인, 흡사 공룡의 골격과도 같은 나무뿌리들과 굴려낸 바위들과 불탄 등걸들… 소발구 외에 기계수단이란 원래 끌어올리지도 못할 곳이어서 단 세 마리의 황소와 30명 안팎의 인력으로 이 엄청난 일을 치루었다니 참말로 두 번 다시 새겨보게 되는 그 하나하나의 나무뿌리들과 바위돌들이었다. 400평까지의 개인 경작을 허용한다는 '특혜'로서는 새 발의 피만 한 보상도 안 되리라는 생각이 들기도 했다.

사람들의 거처 장소는 비교적 안전한 곳인 감자밭 머리켠에 자리잡고 있었다.

통나무 방틀의 서까래 위에다 나무껍질을 잇고 흙을 덮어버린 키 낮은 귀틀집이었다. 허윤모는 마당가에 서서 잠시 안쪽 동정을 살피다가 살짝 열려진 쪽문 안으로 발을 들여놓았다. 그런데 이때 기다리고 있다가 그러기라도 하듯 집 안에서 째지는 듯한 여인의 비명 소리가 튀어나왔다.

---

* 호함지다. 탐스럽다.

뒤따라 또 다른 목소리의 비명이 울려나왔다. 허윤모는 흠칫 섰다. 순간 그의 입에서도 으악 소리가 터져나왔다. 얼럭덜럭한 구렁이 한 마리가 그 무슨 밧줄 토막인 양 꿈틀거리며 부엌에서 날아나와 바로 허윤모의 발끝에 털썩 떨어졌던 것이다. 그러나 허윤모보다 더 놀란 것은 일 나간 사람들의 저녁거리를 끓이던 부지깽이로 금방 구렁이를 집어던진 두 식모 여인이었다.

"에그머니나! 어쩜 이렇게 딱 맞춰서…"

"아이?! 특파기자 선생님이 아임둥?… 어쩌나!…"

여인들은 고두사죄를 해도 미안함을 다 못 풀겠다는 듯 어쩔 바를 몰라했다. 허윤모는 그때에야 마당가 개암나무 숲속으로 꼬리를 사리는 구렁이를 보며 "허, 허허" 하고 헷뜨는* 듯한 웃음소리를 냈다.

"아이— 욕하지 맙소. 기자 선생님은 처음이겠지만서도 여기선 수시로 있는 일이구마."

"허허… 욕까지야 뭘요. 인상이란 깊어야 잊혀지지 않는답니다."

허윤모는 웃었지만 아직도 가슴이 두근 반 세근 반 하는 것을 느끼며 바지주머니에서 담뱃갑을 꺼내들었다.

---

* 헷뜨다. 정신이 돌다.

"아직 바깥이 따가운데 날래 웃방에 올라앉읍소."

특파기자라고 아는 체를 한 뚱뚱한 여인이 막 웃방문을 열어놓으며 하는 말이었다.

"괜찮습니다. 난 우선 책임자 동무를 만나봐야 하겠습니다."

허윤모는 사양했다.

"오후엔 모두 나물 채취 나갔꾸마. 오전까지 콩밭 막벌 김매구서리. 부뚜막의 소금도 집어넣어야 짭다구 이 산속에서도 나물을 뜯어와야 먹을 수 있재임둥 글쎄."

"책임자도 꼭 그런 일까지 해야 하는가요?"

"아이, 누가 말리지 않았습둥? 바늘처럼 늘 앞서는 성미라서 그렇지. 자, 날래 들어앉읍소."

허윤모는 여인의 성의를 그냥 마다할 수가 없어 허리를 구부리며 '웃방' 문턱을 넘어섰다. 그러자 그는 깊은 인상을 남기게 될 것은 구렁이뿐이 아니구나 하는 느낌이 불쑥 안겨왔다.

중국집처럼 안에 들어와 신발을 벗고 올라앉게 된 방은 굴속처럼 좁고 길었다. 구름나무 노전*을 깐 방바닥에 뒷담벽 밑굽을 따라 무언지 거뭇거뭇한 나무토막들이 주룩이 널려 있었다. 허윤모는 잠시 생각을 하고서야 그것이 목침이라는 판단을 내릴 수가 있었다. 양쪽 담벽에 거의 빈틈없이 주렁주렁 걸려

---

* 귀룽나무 껍질을 엮어 만든 깔개.

있는 배낭들 역시 깊은 인상거리가 아닐 수 없었다. 각자 개인
들의 옷장이자 생활필수품함이자 살림살이의 전부일 것이 틀
림없는 그 배낭들은 색깔도 각각 크기도 각각이어서 더 이채
적이었다.

　주방 겸 여자들 숙소인 듯한 '아랫방'과 통한 배식구에는 그
래도 장국물이 불깃불깃 물든 흰 가림보가 걸려 있었다. 대진
내*와 또 그 밖의 무슨 남자들 냄새가 물씬물씬 풍겨왔다.

　허윤모는 신발을 벗지 않고 한쪽 다리를 꼬아올리며 방바닥
턱에 모로 걸터앉았다. 그러자 그의 머리에는 실없는 생각이
떠올랐다. 과연 저것들 중에서 어느 것이 고인식의 목침이고
어느 것이 그의 배낭이겠는가 하는 생각이었다. 아니, 그의 것
은 차마 여기에 있을 것 같지 않았다. 철 따라 냉온풍기가 돌고
남방 화분 향기가 그윽하던 방 안 냄새가 아직도 그대로 배어
있을 그의 생활필수품이 어떻게 석기문화 시기의 거처지를 방
불케 하는 이런 곳에 있을 수 있단 말인가!

　허윤모는 밖에서 피우다 들고 온 담배가 다 타기도 전에 방
에서 일어서고 말았다. 날씨가 따가운 대로 차라리 바깥에 있
고 싶어서였다.

　나물 채취에 나갔던 사람들은 8월의 불덩이 같은 태양이 서

---

* 담뱃대의 구멍에 낀 진 냄새.

쪽 수림 속으로 떨어질 무렵에야 산속에서 하나둘 내려오기 시작했다. 방 안에서 나와 개척지 주변을 여기저기 돌아보던 허윤모는 이삭들이 통통히 여물기 시작한 강냉이밭 머리에서 산나물 마대를 메고 내려오는 고인식을 만났다. 송명근을 통해 벌써 익히 알고 있었다는 둥 허윤모의 자기소개가 끝나자 둘이는 서로 악수를 나누었다. 그런데 고인식의 손은 경공업무 사무원이었던 사람의 희고 말쑥한 손도, 장공장 기사장의 손도 이미 아닌 군데군데 피딱지가 앉고 마디들이 툭툭 불거진 나무뿌리 같은 손이었다.

인식은 허윤모의 손을 놓자 습관인 듯 도수 안경을 벗어 작업복 앞섶에다 닦기 시작했다. 순간 그의 작업복 가운에 단추를 꿰어 매단 뻘건 구리줄이 허윤모의 눈에 확 안겨왔다. 그것도 가는 것이 없어서였는지 퍽이나 굵은 구리줄이었다.

훗날 고인식을 생각할 때면 허윤모의 눈앞에 무엇보다 먼저 떠오르곤 한 것이 그 구리줄 단추였다.

"같이 들고 갑시다."

안경을 닦아 쓰고 나물 마대를 다시 둘러메는 고인식에게 허윤모가 말했다.

"괜찮은데요" 하면서도 고인식은 거절하지 않았다. 허윤모는 나물 마대 한 귀퉁이를 맞들고 일부러 늦장걸음을 놓으며 이것저것 이야기를 꺼내기 시작했다.

고인식의 한마디 말을 듣기 위해 허윤모는 대여섯 마디도 더 해야 했다. 송명근의 말대로 정말 과묵하기가 그지없는 사람이었다. 빙긋하는 눈웃음이 그의 말의 전부라던 그 눈웃음마저도 이젠 다 말라버린 것만 같았다. 허윤모는 속이 달았다. 하지만 생나무 꺾듯이는 안 되는 것이 취재였다.

하루종일 무더위 속에서 일한 사람과의 취재이니 더한 것 같았다. 기본 담화는 저녁시간으로 미루는 수밖에 없었다. 하나, 저녁시간에도 허윤모는 또 허탕을 쳤다. 목침을 베고 마주누운 고인식이 처음에는 몇 마디 응대하는가 싶더니 인차 허윤모의 귀청이 울리도록 코를 골기 시작했던 것이다.

허윤모는 온밤 잠들지 못했다. 푸푸거리고 쉬쉬거리는 코합창 소리 때문만이 아니었다. 문을 열어놓았지만 방 안 공기는 숨이 막힐 듯 탁하고 어지러웠다. 낮고 좁은 방에 30여 명이 싸리발 눕듯 했으니 그럴 수밖에 없었다. 고달픈 잠꼬대 소리, 빡빡 이가는 소리… 고인식은 이따금 몸을 뒤척이며 뼈가 부서지는 듯한 신음 소리를 내면서도 또 인차 코를 골곤 했다. 허윤모는 잠을 청하려 이리저리 몸을 궁싯거려보았지만 어지러운 환영만 눈앞에 얼씬거렸다.

"…기자 선생은 처음이겠지만서두 여기선 수시로 있는 일이구마" 하던 여인의 목소리가 문득 들려오며 낮에 본 구렁이가 금시 발꿈치로 기어드는 듯도 했다.

어디 추녀 밑에 와서 우는 듯한 부엉이 소리가 가슴을 흔들어댔다. 허윤모는 끝내 자리를 밀어 밖으로 나오고야 말았다. 번거로운 풀벌레 소리가 위연한 달빛을 뒤흔들고 있었다.

허윤모는 막 주변을 발길이 닿는 대로 거닐었다. 온몸이 이슬에 축축해오도록 거니는데 감자밭 아래 기슭에 샘터가 나타났다. 조용히 흔들리는 수면 위에 배곯은 하얀 달이 애처로이 떠 있었다. 고인식이 아침저녁으로 두 오누이의 얼굴을 떠올려본다던 것이 바로 이 샘물이었겠구나 하는 생각이 들며 코언저리가 씨르르해졌다. 어찌 아이들 얼굴뿐이었으랴! 부디 일 잘하여 아이들을 위해서라도 본래 직무를 회복해달라 한 아내의 그 얼굴이야 아침저녁에만 이 샘물 위에 그려보았겠는가!

허윤모는 날이 푸름해오도록 샘가에 그냥 우두커니 앉아 있었다. 그런데 입에 칫솔을 물고 샘물가에 맨 먼저 나타난 것이 마침 고인식이었다. 고인식은 허윤모의 속내는 모르면서 잠자리가 불편해 이렇게 일찍 일어나 나왔느냐며 몹시 미안해하는 기색을 지어보였다.

"불편하다니요, 원. 이 공기 좋은 곳에서."

허윤모는 반기는 기색으로 대답했다. 고인식이와 조용히 담화할 수 있는 기회가 절로 마련된 것이 진정 반가와서였다. 어제 허윤모가 산길 100리를 단숨에 돌아올라왔던 것이 이곳 생활조건이나 농사작황 따위를 알아보기 위해서였던가. 고심참

담하는 고인식의 땀방울이 무엇을 위한 것인가. 자기의 '특혜'를 위한 것인가, 도내 인민들의 된장 문제 해결을 위한 것인가—이것을 명확히 짚어내어 고인식이라는 인간의 진면모를 더 깊이 확인해보자는 것이 이번 취재길의 기본 목표였다. 그런데 허윤모는 지금까지 고인식의 가슴 어느 한 변죽조차도 들춰보지 못하고 있는 형편이었다.

더 에둘러볼 시간이 없었다. 힘들더라도 이제는 정통을 찔러보는 수밖에 없었다. 고인식은 벌써 칫솔질을 끝내고 샘치에서 흘러내리는 물가에 나앉아 세수를 시작하고 있었다.

허윤모는 곧장 고인식의 옆자리에 가 앉으며 물속에다 두 손을 담그었다.

"에― 차다."

그는 일부러 기겁하는 소리를 내며 고인식이 쪽으로 머리를 돌렸다.

"어떻습니까, 여기 물이. 대동강물보다 몹시 차지요?"

"예. 대신 무척 맑습니다."

고인식은 자기의 간단명료한 대답에 보충이라도 하듯 몇 번 더 푸푸거리더니 어느새 일어서며 허리춤에서 수건을 뽑아들고 있었다.

허윤모는 한순간 입을 꽉 다물었다 풀었다.

"그런데 말입니다. 여기서 이렇게 살아가노라면 혹시 평양서 일하던 때가 생각날 때는 없는지요?"

허윤모는 고인식을 따라 물가에서 일어나 손수건을 꺼내들며 짐짓 웃음 섞인 목소리를 냈다.

"그보다도 전 농사일을 모르다보니 그저 여기 근심뿐입니다."

"물론이겠죠. 시 안의 된장 문제를 오늘처럼 풀어오느라니요."

"뭐 그렇게 하는 말은 아닙니다만⋯."

"한데 송명근 동무의 말에 의하면 기사장 동무가 여기로 올 때 허허⋯ 책임비서가 무슨 특혜에 대해서도 말이 있었다던데⋯ 거기에 대해선 또 무슨 생각이 없었는지요?"

허윤모는 말을 해놓고도 너무 직선적인 질문이 아니었는가 싶어 고인식의 눈치를 흘끔 살폈다. 허나 고인식의 온화스러운 얼굴 표정엔 아무런 변화도 없었다.

"그 사람이 별소릴 다⋯."

"아닙니다. 그건 그 사람이 아니라 저를 탓해야 합니다. 기자라는 사람 앞에서는 무슨 일이든 안 털어놓고는 못 배기는 법이니까요."

"뭐 털어놓구 안 털어놓고 할 게 있나요. 나도 일밖에 모르는 기계는 아닌데 특혜를 받아 옛 직무를 되찾고 싶은 생각이 왜 없겠습니까. 그만한 일은 하지도 못하면서 말입니다."

침묵이 흘렀다. 한줄기 새벽바람이 어디선가 무르익는 들꽃 향기를 뭉클 실어다 풍겼다. 허윤모는 자기가 그처럼 힘들게 내뱉은 질문에 비해 수도꼭지가 물을 내보내듯 하는 고인식의 대답 앞에서 얼굴이 뜨끈해왔다. 이런 인간이 자기의 속다른 목적을 가지고 가식의 땀방울을 뿌리리라고는 꿈에도 생각할 수 없는 일이었다. 만약 고인식이가 자기 사업에 바쳐오는 성실성이 그 어떤 사심에서 나오는 것이었다면 그의 손이 오늘 처럼 북두갈구리가 되지는 않았을 것이고 그의 집 대문 접철이 어린 딸을 울리게까지 하지는 않았을 것이었다.

동녘 수림 위의 장막 같은 안개구름 속에서 말쑥한 아침 해가 얼굴을 내밀고 있었다. 허윤모는 이날 원료기지에서 내려오자 어렵지 않게 원고 집필을 끝냈다. 허나 원고는 시당 합평회에서 대번에 퇴짜를 맞고 말았다. 신문사는 물론 지방당의 검열까지 매번 맞다시피 해야 하는 것이 특파기자의 원고였다.

"우리 사회에서 당의 영도를 떠난 개인의 성과라는 게 있을 수 있나, 응? 도대체 기자라는 사람이 당성이 없단 말이야."

책임비서가 이렇게 하는 말은 그 의도가 너무도 뻔했다. 그 것은 성과를 내기 시작한 원료기지의 업적을 배분하는 데서 시당 위원회의 몫을 용 대가리만큼 하는 반면에 고인식의 것은 미꾸라지 꼬리만큼 하라는 분부나 다름없는 것이었다.

허윤모는 원고를 기각시켜버리려고도 생각해보았다. 허나

그러기엔 고인식의 그 구리줄 단추가 너무도 눈물겨웠다. 허윤모는 울며 겨자 먹기로 정말 용두사미의 비율로 성과가 나누어진 원고라도 신문사에 보낼 수밖에 없게 되었다. 하필이면 기자가 된 자기 직업에 저주까지 퍼부어가면서….

4

도일보에 고인식이에 대한 기사가 났던 때로부터 만 일 년이 지난 작년 늦가을 어느 날이었다. 그날 허윤모는 언제 풍성했드냐 싶게 나뭇가지만 앙상히 남은 산림 풍경에 시선을 팔며 원료기지를 두 번째로 찾아올라가고 있었다. 물론 이번에도 고인식을 만나기 위해서였다. 전날 허윤모는 시내의 식료상점 앞을 지나다가 두 여염집 여인이 주고받는 소리에 걸음을 멈춘 적이 있었다. 그것은 비록 쌀 배급이 다달이 줄어드는 세월에 된장까지 떨어뜨리니 어쩌냐는 푸념에 불과한 소리였지만 허윤모로서는 그냥 스치며 지나버릴 수가 없었다. 자기가 쓴 글에 대해서뿐만 아니라 그 글을 취재했던 개별 인물이나 사업단위에 대해서도 늘 책임감을 느끼며 살게 되는 것이 기자생활이었다. 그런데 고인식이 원료기지에 올라가서 이삼 년간 질량적으로 완전무결하게 풀렸던 된장 문제가 근년에 들어 진통을 겪기 시작하더니 급기야는 그 공급이 이을락 말락 하는 지경에까지 이르게 되었다.

날로 긴장해지는 국가 식량 사정으로 위에서 받던 원재료 비중이 거의 잘린데다 해마다 빈번해지는 폭우 피해로 원료기지 생산량이 급격히 떨어진 데에 원인이 있다는 것쯤은 허윤모도 이미 알고 있었다. 그러나 막상 주민들의 하소연까지 직접 듣게 되고 보니 더는 그냥 방관하고만 있을 수가 없어 원료기지 방문을 새로 결심하게 되었던 것이다.

무엇보다도 고인식의 그간 생활이 궁금했다. 아내 없는 가정은 어떻게 이끌어가고 자신은 또한 어떻게 살아나가고 있는지? 올해도 장맛비의 피해로 원료기지의 상당한 면적을 유실당했다는데 장공장 생산이 막다른 골목에 이른 지금 원재료를 제대로 못 대주게 된 그의 고충이 얼마나 클 것인가?

개간지가 가까워올수록 허윤모의 발걸음은 빨라만졌다. 사람들이 가을새라 부르는 때까치가 빨간 마가목 열매를 쫓느라 길가 덤불에서 푸드득거렸다. 아직 가야할 길이 얼마나 남았는지 고개를 뒤로 돌리면 시내가 사판沙板처럼 내려다보이고 앞으로는 개간지 밭머리가 수림 사이로 올려다보였다. 이전 때에는 볼 수 없었던 물도랑들이 발구길을 따라 올라가며 여기저기 깊숙이 패어 있었다. 소낙비가 개간지 밭도 이처럼 못쓰게 만들었겠거니 생각하며 허윤모가 그런 물도랑 하나를 건너뛸 때였다. 길과 잇닿은 자작나무 숲속에서 낙엽 밟는 소리가 와슬렁와슬렁 들려왔다. 뒤이어 머루 덤불을 헤가르며 웬 사람 하나가 불쑥 나타났다. 이어 한 명, 또 한 명….

일행은 모두 무거워 보이는 팽팽한 배낭들을 지고 있었다.

"아니?!… 기자 선생님 아임둥 이게?"

갑자기 일행 중 등산모를 쓴 한 청년이 소리쳤다.

"책임자 아바이! 빨리 옵소 빨리. 여기 기자 선생이 올라오고 있구마."

"뭐라고?" 하는 소리가 숲속에서 들려왔다. 알고 보니 일행은 모두 원료기지 사람들이었다. 허윤모는 고인식이는 물론이고 점차 알려오는 이 년 전의 그 낯익은 사람들과도 일일이 반가운 인사를 나누었다.

"책임자 아바이, 엎친 김에 절이라고 여기서 저레 쉬어 올라가지 않겠슴둥?"

아랫도리에 곤색 행전을 두른 청년의 곰살궂은 목소리였다.

"그럴까?"

고인식이 주먹으로 이마의 땀을 훔쳐내며 일행을 둘러보았다. 모두 그러자며 털썩털썩 배낭을 진 채로 주저앉았다. 허윤모도 고인식의 묵직한 배낭을 받들어 내려주며 서리 맞은 들국화 포기를 사이에 두고 나란히 앉았다. 고인식의 땀 밴 잔등과 벗어놓은 배낭에서 훅훅 단내가 풍겨왔다.

허윤모는 그때에야 비로소 고인식이를 곁에서 뜯어보고 변모한 모습에 내심 놀라움을 금치 못했다. 유표한 도수 안경이 아니라면 곁에서는 정말 알아보지 못하리만치 변해버린 고인식의 모습이었다. 새까맣게 탄 얼굴에 수없이 반백이 훨씬 넘은 귀밑머리였다. 검던 머리가 불과 이 년 새에 그렇게 희었다는 것이 믿어지지 않을 정도였다.

허윤모의 시선은 저도 모르는 새 고인식의 작업복 단추를 더듬었다. 물론 이 년 전의 그 작업복은 아니었으나 세 개의 검은 단추 중 가운데의 하나가 흰 단추였다. 허윤모는 시골영감처럼 초라해진 고인식의 신상이 마음에 걸려 잠시 아무 말도 꺼내지 못하고 있었다. 그런데 마침 누군가가 이쪽으로 말을 건네어왔다.

"아이! 그게 버섯이 아임둥?"

허윤모와 네댓 발자국 떨어져 앉은 등산모를 쓴 청년이었다.

"거 손수건에 싸서 옆에 논 거 말이구마, 기자 선생님!"

"아! 이거 말요? 옳소, 버섯이. 서리에 마르긴 했어도 너무 탐스럽드라니 인자 올라오다가—"

"탐스레가 다 뭡둥? 버립소, 버립소."

"예? 그럼 못 먹는 버섯인가요, 이게?"

"먹는 거구 못 먹는거구 그러다 괜히… 아 거 곁에서 좀 얘기해드립소, 우리가 겪은 일. 책임자 아바인 말이라믄 들어놓고도 담을 쌓는단 말입니다. 나참!"

"그 끔찍한 소릴 뭐라고?…"

고인식이 안경을 벗어 작업복 앞자락에다 문지르기 시작했다.

"무슨 일이 있었는가요, 기사장 동무?"

"예. 그런 일이 있었습니다. 얘길 들으니 기자 선생은 그때 출장 나가 있었더군요."

"기자 선생님! 그 버섯 때문에 우리 식모 한 사람이 목숨을 잃고 우리도 모두 죽다 살았꾸마 죽다!"

입이 굼뜬 책임자 아바이가 답답하다는 듯 곤색 행전을 두른 청년이 앞질러 해주는 말이었다. 허윤모는 와닥닥 놀랐다.

"식모라니? 그럼 혹시 그 뚱뚱한?"

"옳수꾸마. 기자 선생 밑으루다 구렁이를 뚱구쳐냈댔다던 그·아주머니가!"

"사실인가요? 기사장 동무!"

"사실입니다."

고인식의 목소리는 신음 소리에 가까웠다.

"교체되어 온 새 식모가 버섯 요령이 없다나니 빨간 버섯을 따다 산채볶음에 섞었댔지요. 아! 참…."

"그 아주머니가 죽다니?… 빨간 버섯이라는 게 그리두 무서운 건가?… 그럼 모두 이만한 게 다행이 아닙니까?"

허윤모는 그러면서 널려 앉은 고인식이네 일행을 빙 둘러보왔다.

"다행이지요. 죽게들 앓고는 났지만 떼죽음은 면했으니까요."

"헌데 그렇게들 앓고 났다면서 뭣들을 이렇게 지고 다니는 겁니까?"

"당에서 '도토리 과제'가 떨어졌습니다."

"도토리 과제라니요?"

"금년 생산 미달량을 도토리 채취로 보충하라는 지시입니다."

허윤모는 묵묵히 고개만을 끄덕였다. 그러다가 다시 물었다.

"그래. 이렇게 다니면 하루 몇 킬로씩이나 줍게요?"

"모두 여섯 조로 다니는데 일인당 이십 킬로 정도는 줍습니다. 힘이야 들지만요."

고인식의 대답에 허윤모는 그의 일행을 새삼스레 또 둘러보았다. 산가랑을 어찌나 헤매고 다녔던지 누구의 작업복에나 하얗게 보풀이 일어 있었다. 할퀴고 긁힌 핏자국들이 손등들엔 물론 어떤 사람은 얼굴에까지 나 있었다. 허윤모의 얼굴에 나타나는 동정의 빛을 읽었던지 고인식이 자책조로 입을 열었다.

"모든 게 다 제 탓입니다. 아버질 잘못 만나면 자식들이 고생하기 마련 아닙니까."

"책임자 아바인 참 그게 야단이꾸마."

등산모가 불쑥 반발해 나섰다.

"그저 내 탓 내 탓 하는 그게 말이꾸마. 기자 선생님! 우리 책임자 아바인 이제 비에 씻긴 개간지에다 흙갈이를 하겠다는 게꾸마. 시에서는 내라고만 하고 도와줄 생각은 꼬물만치도 안 하는데 말이꾸마. 책임자 아바이! 아바인 그래 소나기비가 내린 것도 아바이 탓이겠수꾸마? 예? 난 정말 우리가 왜 이처럼 도토리 사냥까지 해야 하는지 알 수가 없수꾸마."

"대석이! 그건 내가 말하지 않았나. 이건 누가 시켜서가 아니라 우리집 된장을 담그자고 내 스스로가 하는 일이다 하고 도토릴 따자고!"

"글쎄 옳수꾸마 그건. 그렇다믄 요 전날 올라왔던 그 당 지도원의 행동이 뭡둥? 우리들 앞에서 책임자 아바일 학생 다루듯 하면서…."

"대석이!"

"기자 선생님! 뭐 막말한다고 욕하지 맙소. 책임자 아바이의 그 맴씨를 봐서라도 우린 도토리도 따고 흙갈이도 하겠수꾸마. 근데 여기서 책임자 아바이랑 죽게 애쓰는 것도 모르고 위에서—"

청년은 문뜩 말을 끊었다.

"후!—" 하고 내뿜는 허윤모의 무거운 한숨 소리 때문이었다. 청년은 힐끔힐끔 허윤모와 고인식의 낯색을 번갈아 살폈다. 꽉 다문 입, 슴뻑이는 눈길들… 청년의 지나친 말이 두 사람의 입장을 서로 딱하게 만든 것이 틀림없었다. 청년은 잠시 얼굴이 굳어졌다. 그러더니 순간에 태도가 일변했다.

"에라! 그렇지만 책임자 아바이! 결과는 일이 다 잘될 게꾸마. 그렇다는 의미에서 내 노래나 한마디 하겠수꾸마."

　　　새들새들 콩포기는
　　　단비 오기만 기다리고
　　　앵두 같은 내 춘향은
　　　도련님 오기만 기대린다.
　　　얼씨구 좋네, 절씨구야…

와자지끌 웃음이 터져올랐다. 그러나 청년은 시치미를 뚝 뗀 채 계속했다.

"근데 참, 책임자 아바이! 우리 춘향이가 있재임둥?"

청년은 풀 속 어디선가 종이쌈지 하나를 꺼내들며 그냥 너스레를 떨었다.

"이걸 가지고 오늘이면 내려올라 내일이면 내려올라 하고 학수고대로 이 도련님을 기다리고 있을 텐데 말이꾸마. 이자 노래에서처럼."

"아참!" 하고 고인식이 돌연 청년의 말꼬리를 끊었다.

"그걸 이 기자 선생한테 좀 부탁하면 안 될까?"

"뭔데요?"

허윤모가 물었다.

"멧돼지열입니다. 일전에 처가 해산을 했지요."

고인식이 대답했다.

"아! 그렇소?" 하고 허윤모가 청년을 바라보았다.

"남자아이라면 갖다주겠소. 그렇잖음⋯."

"하, 그야 여부가 있음둥? 이래 봬두 빗방 안 놓은 솜씨구마
내사."

다시 터지는 웃음소리에 어느 숲속에선가 산새무리가 날아
올랐다.

"좋소. 그렇다면 이리 주오."

허윤모가 청년 쪽으로 손을 내밀며 계속했다.

"이제 동무네가 저 개간지에다 흙깔이를 할 땐 나도 이모저
모로 도와 나설 각오가 되어 있소. 허나 그건 앞으로 일이고
자, 그것부터 어서 주오. 그것도 다 동무네를 돕는 일이겠으니
말요."

"챠 이거⋯ 고맙수꾸마 정말."

청년이 허윤모에게로 다가와 멧돼지열을 넘겨주며 덧붙였다.

"사실 이건 저기 포수 영감한테서 우리 책임자 아바이가 구
해다 준 거꾸마. 꼭 집에다 그렇게 전해주십소."

"아!⋯ 알겠소. 헌데 집부터 대줘야 할 게 아니오."

"네. 집은 간단하구마. 저기 내려다뵈는 저 시내 한가운데 보이잼둥?… 빨−간 버섯 같은."

"빨간 버섯 같은? 예예!"

"네, 빨간 버섯 같은 그 시당 청사 뒷집이 바로 저의 집이구마."

"아아! 대석이!"

고인식이 난처한 기색을 지어 보이며 청년을 쳐다보았다.

"뭘 말임둥?"

"거 무슨 말을 그렇게…."

"예?"

"아! 시당 청사를 빨간 버섯에 비겼다고 하시는 말씀인가요?"

"예. 거 뭐 달리 생각해서가 아니라… 하필이면 그 끔찍한 빨간 버섯에다…."

"허허… 기사장 동지도… 여기서 보니 벽돌집이 꼭 그렇게 보이는데 뭘 그러십니까?"

"글쎄 말이구마. 얼핏 생각나는 게 나도 그래서…."

"끼익 끼익…."

어느 숲속에선가 어치새 울음소리가 불안스레 들려왔다. 한 줄기 마가을 바람이 썰렁히 불어오며 고인식이와 허윤모 사이의 들국화 포기를 흔들어댔다. 된서리를 맞고도 변함없이 이

산천을 장식해가고 있는 들국화에게 먼 산 너머에서 혹독한 겨울이 다가오고 있음을 귀띔이라도 해주듯이….

5

"자, 먼저 들게."

"먼저 들라니."

허윤모가 밀어놓은 보온병 뚜껑을 송명근이 다시 밀어놓았다. 둘 사이에 펴놓은 신문지 위에 된장 접시와 생오이 두 토막이 놓여 있었다. 송명근의 흥분이 좀 가라앉아 이미 따라놓았던 것을 도로 쏟아부을 수도 없고 해서 허윤모가 권하기 시작한 것이 벌써 보온병을 몇 번이나 기울였는지 모른다.

"윤모! 풀무 불듯 그렇게 한숨만 쉬지 말구 말을 좀 하라구. 그래, 무슨 방도가 없겠나 응?"

"…"

"으—ㅁ!"

송명근이 신음 소리를 했다. 그제야 마지못하듯 허윤모가 입을 열었다.

"명근이! 일전에 자네가 나한테 했던 말이 있지?"

"뭘?… 생각 안 나네."

"그것이 벽돌집 사람과의 소송이라면 칼자루를 쥐었다 해도 아예 그만두라고 말야."

"오, 자네가 아들 일 때문에 찾아왔을 때 내가 했던 말? 헌데 그 말은 왜 들추나?"

"오해하지 말게. 난 자네가 그날 내 부탁을 못 들어줬다고 해서 이 말을 꺼내는 건 아니네. 거듭 말하지만 우리 성철이의 대학 추천 응시 시험은 당당한 백 점이었네. 시당 조직비서의 아들은 칠십이 점이었구. 그럼에도 끝내는 오늘 어떻게 되었나? 김일성종합대학 추천 대상에 우리 애가 아니라 조직비서의 아들이 가게 되질 않았나?… 난 요새 와서야 그때의 자네 판단이 백번 옳았고 설사 그때 자네가 나서줬다 해도 허사였으리라는 것을 절감하고 있네. 그래서 지금 자네가 그때 했던 말도 상기하게 되는 거고… 그래, 자넨 안전부가 제 결심으로 자네 이모부를 묶어 갔을 것 같나?"

"그야 물론 벽돌집 결심 아래서겠지."

"잘 알면서 뭘 그러나?"

"그러니 어쩐단 말인가, 응?"

"…"

허윤모는 더 입을 열지 못했다. 그러자 송명근이 제 손으로 밀어놓았던 보온병 뚜껑을 다시 끌어당기더니 고개를 젖히며 꿀떡꿀떡 바닥을 내버렸다.

"윤모! 그때 내가 헛일을 치드래도 성철이 일을 도와나서지 못했던 데 대해서는 오늘 터놓을 얘기가 있네."

"자네 취했나? 응?!"

"아니, 그런 의미의 말이 아니라 이건 자네에게만 하는 나의
고발이네."

"?!…"

"들어보라구… 난 알고 있었네. 그날 자네가 나를 다리 놓아
누구의 힘을 빌어보자고 날 찾아왔댔는지를 말야. 자넨 나를
통해 책임비서 마누라의 힘을 빌어보자고 왔댔지? 내가 그의
총애를 받고 있다는 건 자타에 공인된 사실이었으니까, 응?…
도내 사람들이 제이 책임비서라구 부르는 그의 총애를 말이네.
난 진료과 의사로서 도내 간부들뿐만 아니라 그의 가족들에
대해서두 그저 충실했을 뿐이었는데 그 마누라가 우리 용이
엄마 직장자리를 비롯해서 내 생활사에 두루 관심을 돌려주니
난 총애를 받는 사람이 됐고 또 외부 사람들도 정확히 보았던
거네. 그걸 아는 자네였기에 책임비서를 등에 업고 조직비서와
맞서보자고 날 찾아왔댔단 말야 자네가. 안 그래?"

"그래서?"

"그렇지만 그땐 내가 이미 그 마누라의 총애를 잃어버린 뒤
였다는 걸 자넨 몰랐네. 몰랐단 말야. 더러워서…."

"일은 그렇게 됐댔구만!"

"글쎄 하루는 퇴근녘에 그 제이 책임비서가 전화로 왕진을

청해오지 않았겠나. 갔지. 초인종을 누르니 그가 몸소 나와 대
문을 열어주더니 다시 걸고 들어가 침대에 눕는 것이었네. 내
가 책임비서를 여러 번 왕진해본 일이 있는 화려한 쌍침대였
지. 난 좀 별로였네. 아무리 나보다 십여 년 위인 여자라 해도
그 혼자 있는 침방에 들고 보니 생각이 좀 다르더란 말이야. 그
런데다 그녀가 시에서 된장 배급을 끊어뜨린다고 신소伸訴가
계속되어 영감이 도당에 또 불려간 때에 막내까지 군사야영을
떠나갔다느니 뭐니 하며 빈집에 자기 혼자 있다는 것을 표현
하는 것은 나에게 무엇인가를 암시하는 것이 틀림없었네."

"가만, 된장 문제 때문에 책임비서가 도당에?"

"자넨 모를 거네만 그땐 두 번째로 불려갔을 때였지."

"책임비서가 두 번씩이나?!⋯ 글쎄 그런 일이 있었는가⋯."

"그건 그렇구 내 얘길 마저 들으라구⋯ 그래 그녀야 어쨌든
나는 내 의무를 이행해야겠기에 왕진가방을 열기 시작했네. 그
녀가 급히 왔을 텐데 한 대 피우고 봐달라며 미리 준비해두었
던 듯싶은 고급 담배 한 갑을 침대머리맡에서 쥐어 내밀었네.
나는 사양하고 문진을 시작했지. 그녀가 점심식사 후부터 아
랫배가 별루 어쨌다며 아직 내가 청하지도 않았는데 블라우스
를 훌쩍 벗고 아래 속옷까지 쭉 밀어내버렸네. 그러고 나서 여
기 여기 하며 살집이 좋아서인지 아직 젊음을 잃지 않은 높은
젖가슴과 흰 배 언저리를 두루 짚어보이는 것이었네. 나는 청

진을 시작했네. 아무 문제도 없었네. 다시 타진을 해보았지만 한가지였지. 그래서 주요 장기들에 압박을 시작해보는데 그녀의 두 손이 갑자기 내 손목을 꽉 움켜쥐는 것이 아니겠나. 이어 송 선생 송 선생 하고 숨을 헐떡이며 한 팔로 내 허리를 휘감아 당기드란 말야… 나는 몸에 붙은 털벌레라도 떨어버리듯 흠칫하며 한 발짝 뒤로 물러섰네. 그러자 이젠 노골적이네. 왜? 우리 영감이 무서워서? 일없어. 처녀 재미만 보는 그 영감 무서워 안 해도 된다는데 송 선생… 하며 말이네. 나는 앞뒤를 생각할 새도 없이 방에서 뛰쳐나왔네. 그런데도 뒤에서는 그냥 송 선생이네. 청진기를 손에 쥔 채루 쾅하고 대문을 닫은 나는 거기다 퉤하고 침을 뱉지 않을 수가 없었네. 동물적인 그 음탕함보다도 제가 벽돌집 대감님 마누라니 하느님의 코라도 꿰어쥘 수 있다구 생각하는 그 포악스러움이 더러워서 말이네… 윤모! 치욕스런 이 말을 내가 누구에겐들 입밖에 낼 수 있었겠나. 그래 나 혼자 그 치욕을 씹어삼켜가고 있던 바로 그때에 자네가 나를 찾아왔던 거란 말야, 성철이 때문에… 그 알량한 진료과 의사라는 직업마저 이젠 며칠밖에 남아 있지 않은 바로 그때에 말이네.”

“허허… 으하하하….”

허윤모가 갑자기 폭소를 터트렸다.

송명근의 눈이 휘둥그레졌다.

"그러니 벽돌집 사람이면 여인이 남자를 성노예로 만들 수 있단 말이지?!"

"걷어치우게. 난 성노예가 되지는 않았으니."

"벽돌집!… 어이구!"

허윤모는 손으로 한쪽 가슴을 움켜쥐었다.

"그날 자네를 찾아갔던 내가 너무도 어리석었지. 너무도!"

"아니네. 난 뭐 어리석은 짓인 줄 몰라서 지금 자네를 찾아 왔나? 실은 속에 붙은 이 불을… 이 불을 끄지 못해서…."

송명근이도 땅땅 가슴을 두드려댔다.

"명근이! 진정하세. 일은 이미 기운 일인데 자꾸 이래선 뭘 하겠나. 자, 보게!"

허윤모는 책상 위에서 원고지 첫 장을 집어서 송명근의 눈 앞으로 내밀었다.

"…?"

"안 보이나? 생산 정상화에 들어선 ㄴ장공장."

"자네 허대포라는 별명이 붙어가지고도 이런 황당한 글을 쓰나?"

"아니, 장공장 발효 탱크에선 지금 된장이 익어가고 있는 게 사실이네. 벽돌집에서 쏙닥질을 해서 농장 사료 알곡을 끌어올 렸지… 일을 망쳐먹은 장공장 기사장을 제거하니 군내 인민들 앞에 된장이 꽝꽝 쏟아져 나와야 할 게 아닌가. 잘못은 당에 있는 것이 아니라 일을 잘못하는 일부 일꾼들 속에 있었다는 걸 증명해야 할 것이 아닌가 말야."

"아! 판은 그런 판이었단 말이지?"

"그렇네. 나도 그걸 금방 깨달았네. 책임비서가 두 번씩이나 도당에 불려갔었다는 자네의 말을 듣고 말이네. 까마귀 날자 배 떨어진다더니 이번 자네 이모부의 일이야말로 그 격이 아닌가!"

"옳네. 명백해!"

"그러니 이제 어디 가서 무슨 발광을 한들 소용이 뭐란 말인가. 검찰소에? 행정위원회 법무과에?… 흥! 사법, 행정, 입법까지도 한주먹에 틀어쥐구 있는 것이 저 벽돌집이라는 걸 자넨 그래 모른단 말인가!"

"아! 내가 왜 이걸 목에 걸었드란 말인가."

송명근이 당증 주머니가 속에 늘어져 있는 자기 옆구리를 탁탁 줴지르며 열에 떠서 부르짖었다.

"왜 자진해서 벽돌집 시녀가 됐던가 말야!"

"간판에 속아서였지, 나처럼. 속엔 독재의 칼을 품고도 겉으로만 평등이요, 민주주의요, 역사의 주인이요, 지상낙원 건설이요 하는 허울 좋은 그 간판에 속아서 말야."

"맞네. 세상 만물은 독한 것일수록 고운 허울을 뒤집어쓰고 있는 법이네."

"그래. 독버섯처럼 말이지? 독버섯처럼!"

"아이구! 답답해라. 생사람이 잘못되는 것을 눈 뜨고 보면서
도 이렇게 속수무책일 수가 있단 말이냐! 어휴!…"

송명근은 와락 옷 앞자락을 잡아젖혔다. 후두두 단추가 떨
어져 내렸다. 허윤모도 불시에 쇠고랑을 차고 감방에 앉아 있
을 고인식의 모습이 망막에 안겨와 자리를 차고 일어섰다. 창
문 커튼을 열어젖히고 안전부 감옥 쪽을 바라보는 두 눈에 주
체할 수 없이 눈물이 쑥 솟구쳐 올랐다.

한소나기 퍼부으려는지 컴컴한 먹구름이 하늘을 뒤덮고 있
었다. 바람에 커튼이 찢어질 듯 펄럭이었다.

6

고인식에 대한 공개재판은 뒷산 언덕에 자리잡은 공설운동
장에서 진행되었다. 기관 기업소와 가두에까지 포치한* 조직군
중이 아침부터 내린천 성천교를 건너 운동장으로 모여들고 있
었다.

열시가 되자 차려놓은 주석단으로 법관들이 주른히 나와 앉
았다. 동시에 수 명의 안전원이 주석단 뒤쪽에 이미 대기시켜

---

* 포치하다. 넓게 늘어놓다.

262

놓았던 수인차 안에서 수갑 찬 고인식을 끌어내다 연단 옆에
세워놓았다. 이윽고 기소문 낭독이 시작되었다. 기소문은 길지
않았다.

　…한냉전선의 영향으로 나라의 식량 사정이 긴장해지고
있는 이때 장공장 원료기지 건설은 시 전체의 문제였음으로
직접 시당위원회가 고인식에게 그 과업을 맡겼다. 과업을 맡
은 초기 고인식은 자기 이름이 신문에까지 날 정도로 일을
하였다. 그러나 그것이 자기의 재출세를 위한 가식에서였기
에 점차 자기 사업에 대한 태만과 무책임성이 나타나기 시
작했으며, 최근에는 해마다 계속되는 소나기비에 대한 아무
런 대책도 세우지 않아 원료기지 30정보를 거의 폐허로 만
들어버렸다. 그리하여 장공장에 대한 원재료 공급이 끊어
지게 하였고 우리 시 인민들에게 된장 배급이 중단되게 하
였다. 또한 이자는 자기가 장공장 기사장이라는 기본 직책
을 망각하고 원료기지에만 편안히 파묻혀 있음으로써 기술
발전을 비롯한 장공장 전반 사업에 혹심한 부진을 가져오게
하였다. 조직의 통제가 미처 미치지 못하는 산지왕국에서 안
일해이해질 대로 해이해진 이자는 자기 대오에 대한 관리마
저도 되는대로 하여 혁명동지 1명이 독버섯을 먹고 독살당
하게 하였다.

간과할 수 없는 것은, 이자는 이력을 기만했던 것으로 하여 위에서 혁명화로 내려온 자로서 당에서 관대하게 주요 직책을 맡겨주었으면 높은 충성심을 발휘하는 대신 오히려 불만을 품고 이상과 같은 죄행을 범함으로써 우리 당에서 그처럼 가슴 아파하는 인민들의 식생활에 막대한 곤란을 가져오게 한 것이 더욱 엄중시된다….

대략 이러한 것이 기소문 내용의 전부였다. 변호는 없었다. 인민생활을 저해한 반혁명분자에 대한 변호를 한다면 그 변호사 자체가 지금의 피고자 자리에 서야 할 것이었다. 군중들은 이미 이 땅에서의 변호사 없는 재판에 익숙해져 있었다. 주석단에서 앉은 채로 고개만을 돌리며 재판소장이 질문을 시작했다.

"피고! 피고 고인식은 위에서 기소된 죄과들을 인정하는가?"

군중의 시선은 밀물처럼 고인식에게로 쏠려갔다. 그런데 그때 고인식의 표정은 어떠했던가! 고인식은 안경 낀 시선을 군중들의 머리 너머 어딘가 시내 중심 쪽에 멍청히 박은 채 마치 백치와도 같이 시물시물 입술을 움직이고 있었다. 그러나 지금 그의 시선이 가닿아 있는 곳이 '빨간 버섯'!—시당 청사였음은 하늘이나 알고 있었을 것이었다.

"정신이 돈 것 같다!…"

운동장에 밤바다 같은 설레임이 일순간 떠올랐다 가라앉았다.

"조용들 하시오. 피고 들었는가?"

"…."

허윤모는 자기도 모르게 꽉 다무는 입 안에서 뿌드득 소리가 남을 느꼈다. 고인식이 지금 무슨 대답을 할 수 있을 것인가! 내굴을 피우는 냉과리*에 눈물을 짜고 손등을 데우며 나무 뿌리를 뽑고 바윗돌을 굴려대던 개간의 그날로부터 아내의 제 사상에 오누이가 지펴 올렸을 향불내가 어려와 코멘소리로 멧 돼지를 쫓던 그 새벽과 독버섯에 쓰러졌다가 귀틀막 목침 위에서 구사일생 눈을 뜨던 그 아침과, 그리고 도토리를 다 따고 나서 개간지에 흙깔이를 시작했던 그 나날들에도 가슴속에 사심 없이 가꾸고 가꾸어왔던 양심의 꽃밭!… 그 꽃밭이 백주에 날벼락을 맞아 통째로 뒤집혀진 이 시각 어떻게 엉망진창이 되어버린 그 꽃포기들을 일으켜 세워볼 엄두나 낼 수가 있으리란 말인가! 억이 막히고 염통이 터져 졸도나 하지 않으면 다 행이리라!

하나 허윤모처럼 고인식의 가까이에 나앉은 사람들은 그가 족쇄 찬 두 손으로 무엇을 하나하나 비틀어 뽑듯 하며 "요거, 요거!…" 하고 중얼거리는 소리를 똑똑히 들을 수가 있었다.

---

* 잘 구워지지 않아서 불을 붙이면 연기와 냄새가 나는 숯.

이어 고인식은 할 일을 시원스레 다했다는 듯 고개를 하늘로 제껴 들더니 "흐흐흐흐…" 통쾌한 웃음을 웃어댔다.

그 웃음은 그이 앞에 서 있는 마이크를 통하여 운동장에 크게 퍼져나갔다. 군중들은 서늘해지는 가슴으로 고인식을 바라보았다. 그러나 그새 고인식의 표정은 또 다르게 변해가고 있었다. 고인식은 언제 웃었더냐 싶게 와들 놀라는 얼굴이 되며 그 무엇을 움켜쥐려는 듯 족쇄 찬 두 손을 앞으로 쭉 내뻗었다. 그러더니 이번엔 낮지도 높지도 않은 목소리로 외치듯 중얼거렸다.

"저기… 저기에 아직두 있구나! 여보시오. 그 빨간 버섯을 뽑아버리고 가시오. 무서운 겁니다. 그게! 여보시오…."

군중이 다시 웅성거렸다. 주석단에서 누구인지 앞탁을 잡아두드리며 조용하라고 소리질렀다.

"웬일이야?"

"머리가 돌았어."

"빨간 버섯이랬지? 무슨 소릴까?"

하지만 고인식의 그 '빨간 버섯'을 알 사람은 운동장에 허윤모와 원료기지에서 내려온 몇몇 사람밖에 없었다. 허윤모의 귓전에는 피뜩, 지난해 가을 도토리 배낭을 진 그들을 만났을 때 하필이면 끔찍한 독버섯에다 당청사를 빗대던 등산모 청년을 나무라던 고인식의 목소리가 쟁쟁히 되살아 울려왔다.

'빨간 버섯'!—그 말은 비록 머리는 잘못되었지만 이 시각 고인식의 마음속에서 유황불처럼 끓고 있을 수백 수천 마디의 다른 말을 허윤모에게 해득시켜주고 있었다.

고인식의 백설 같던 넋은 이제야 이 땅에 뿌리박힌 독버섯을 알아보고 독재와 회유와 기만과 억압으로 얼룩진 그것을 뽑아보려 필사의 힘을 다하고 있는 것이었다.

"에-"

사회자가 마이크 앞으로 나섰다.

"갑자기 피고의 정신에 이상이 생긴 관계로 오늘 재판을 보류하게 됨을 알립니다."

사회자의 목소리가 확성기에서 채 사라지기도 전이었다.

"아버지!-" 하는 애끓는 목소리와 더불어 고인식의 두 오누이가 군중 속에서 허둥허둥 앞으로 달려나갔다. 같이 앉아 있었던 모양 송명근이 그들을 제지시키려 하였으나 허사였다. 일어서던 군중이 다시 모두 앉았다. 그러나 오누이는 아버지와 한 발짝을 앞두고 상봉을 이루지 못했다.

뭉클뭉클 시커먼 배기가스를 토하며 달려가는 수인차를 뒤좇아 정신없이 아버지를 부르는 오누이의 목소리가 사람들의 가슴에 눈물로 안겨들었다.

군중이 흩어져간 휑뎅그렁한 운동장 앞쪽 백양나무 밑에 손수건을 꾸겨 쥔 한 사람이 서 있었다. 허윤모였다. 그는 사람들

앞에서 참고 참았던 눈물을 다 쏟아버리지 않고서는 견딜 수가 없었던 것이다. 자기의 전부를 바쳤던 것으로 하여 자기의 전부를 잃은 사람!

허윤모의 질척한 시선은 조금 전 고인식이 군중의 머리 너머로 그것을 바라보았을 것이 틀림없는 시당 청사─빨간 버섯을 직시하고 있었다. 얼마나 많은 귀중한 생명들이 저 독소에 희생되고 있는 것인가! 과연 그 사자머리의 마도로스 파이프가 지껄였다던 구라파의 붉은 유령이 이 땅에 뿌린 것이 인간의 모든 불행과 고통의 화근인 저 빨간 버섯의 씨앗 따위였단 말인가!

으스러지게 주먹을 들어 쥐고 벽돌집에서 시선을 떼지 못하는 허윤모의 가슴속에서는 고인식의 다 외치고 가지 못한 그 절규가 피타게 울려오고 있었다.

"저 빨간 버섯, 저 독버섯을 뽑아버려라. 이 땅에서, 아니 지구 위에서 영영!"

1993. 7. 3.

출간에 부쳐

어둠의 땅, 북한을 밝히려는 반딧불이 되어…

반디는 조선작가동맹 중앙위원회 소속으로 1950년 태어나 전쟁을 겪으면서 부모님을 따라 중국 땅까지 피난을 가 유년 시절을 보내고 다시 북한으로 돌아와서 생활을 하였습니다.

평소 문학에 소질을 보였던 반디는 이십대인 1970년도에 두 각을 나타내면서 북한 잡지에 글이 실리기도 하였습니다. 한 때는 문학도의 꿈을 접고 노동 현장에서 치열하게 생활하기도 하였고, 노동을 하면서 틈틈이 여러 편의 문학 작품을 쓴 것이 인정되어 많은 작품을 작가동맹 기관지 등에 기고하기도 하였 습니다.

1994년 김일성 사망 시점에 시작된 소위 고난의 행군으로 자신과 인연을 맺고 살아왔던 많은 사람들이 죽어나가고, 먹고 살기 위해 고향땅을 등지고 떠나는 이들의 뒷모습을 보면서, 자신이 지금껏 살아왔던 북한 사회에 대한 깊은 성찰을 책을 통해 세상에 알려야겠다고 굳게 결심하게 됩니다.

북한식 사회주의 경제제도의 문제점, 출신 성분으로 구분되는 인류 최악의 연좌제로 신음하는 북한 주민의 대변자로 자신의 역할을 설정한 반디는, 북한 주민들이 실제 겪고 있는 고통이지만 어느 누구에게도 하소연할 수 없는 아픈 사연들을 하나하나 수집하여 자신의 작품 속에 녹여두었습니다. 각종 사연들이 담긴 소문들과 실제 벌어졌던 사실들을 기초하여 모든 것을 자신의 작품들에 담기 시작하였습니다.

하지만 북한 사회의 현실은 반디의 작품이 세상으로 나오게 하기에는 너무나 거리가 먼 철의 장막이었습니다. 언젠가는 때가 올 것이라는 믿음 속에 수많은 작품들을 하나둘씩 차곡차곡 쌓아나갈 즈음, 평소 반디와 교분을 나누고 있던 함흥에 사는 친척 중 한 명이 조용히 반디를 찾아와 중국으로 가겠다는 결심을 털어놓았습니다. 이를 들은 반디는 처자식이 있는 자신이 움직이기에는 너무 많은 제약이 있음을 알고, 혈혈단신으로 탈출을 결심하는 친척을 보면서 '기회는 바로 이때다'라는 직감을 바탕으로 삼 일 후 친척이 떠날 때 자신이 소장하고 있던 원고지를 건네주었습니다.

원고지를 받아든 친척은 지금은 자기도 빠져나간다는 확실

한 보장이 없으니, 탈출할 길을 마련하고 다시 오겠다는 기약을 남긴 채 떠났습니다. 낙심한 반디였지만 어쩔 수 없었고, 수개월이 지난 후 낯선 청년 한 명이 반디의 집으로 찾아와 아무런 말도 없이 비닐봉지에 싸인 편지를 건네주었습니다.

편지의 내용은 다음과 같습니다.

오빠, 명옥이에요. 소식이 늦어 미안합니다.
이제 저는 편안한 곳에 와 있어요. 제가 무사할 수 있도록
도움을 주었던 분이 사람을 보낼 겁니다.
제 편지와 함께요.
편지를 받으면 지난번 저에게 건넸던 물건을 넘겨주세요.
믿으셔도 됩니다. 오빠하고 저만 알고 있는 일이니까,
그때 주셨던 물건이 두 개였지요.
오빠도 좋은 세상에서 한번 살아봐야 할 텐데,
남겨둔 식구들 생각하면 눈물만 나요.
그런 날이 꼭 오겠지요. 오빠, 꼭 우리 다시 만나요….
몸 건사하세요.
명옥이가.

편지를 건네받은 반디는 잠시 머뭇거리다가 자그마한 옷장 깊숙이 넣어두었던 원고지를 꺼내 청년에게 건네줍니다. 이렇

게 죽으나 저렇게 죽으나 마찬가지라는 생각으로 그 편지의 내용만 믿고 말입니다. 물건을 받아든 청년은 곧장 집 밖으로 나갔고, 반디가 소장하고 있었던 그 원고는 지금 자유와 희망의 땅 대한민국에 와 있습니다.

『수용소 군도(群島)』를 쓴 소련의 저항 작가 솔제니친이 자신의 작품을 빼돌려 서방에서 출간되게 했던 그 모습대로, 북한의 저항 작가인 반디의 '고발'은 이제, 아름다운 반딧불이 되어 북한에 드리운 어둠을 밝히려 세상에 나가기를 기다리고 있습니다.

도희윤
피랍탈북인권연대 대표

고발(告發) : 반디 소설
초판 1쇄 발행 2017년 2월 15일
초판 7쇄 발행 2021년 11월 18일

지은이 반디
펴낸이 김선식

경영총괄 김은영
콘텐츠사업6팀장 이호빈 **콘텐츠사업6팀** 임경섭, 박수연, 한나래, 정다움
마케팅본부장 이주화 **마케팅3팀** 이미진, 박태준, 배한진
미디어홍보본부장 정명찬 **홍보팀** 안지혜, 김민정, 이소영, 김은지, 박재연, 오수미, 이예주
뉴미디어팀 허지호, 임유나, 송희진 **리드카펫팀** 김선욱, 염아라, 김혜원, 이수인, 석찬미, 백지은
저작권팀 한승빈, 김재원 **편집관리팀** 조세현, 백설희
경영관리본부 허대우, 하미선, 박상민, 김민아, 윤이경, 김소영, 이소희, 이우철, 김재경, 최완규, 이지우, 김혜진, 오지영

펴낸곳 다산북스 **출판등록** 2005년 12월 23일 제313-2005-00277호
주소 경기도 파주시 회동길 490
전화 02-704-1724 **팩스** 02-703-2219
이메일 dasanbooks@dasanbooks.com
홈페이지 www.dasan.group **블로그** blog.naver.com/dasan_books

ISBN 979-11-306-1116-7 (03810)